えんがわ尽くし

料理人季蔵捕物控

和田はつ子

時代小説文庫

角川春樹事務所

目次

第一話　百合根商い

一

江戸の秋は実りである。

日本橋は木《き》原店《はらだな》にある塩梅屋《あんばいや》の主《あるじ》季蔵《としぞう》は、たわわに実った裏庭の美《み》濃《の》柿《がき》を見上げていた。

「どうするの？」

隣りで三吉《さんきち》が不安そうな問いかけをした。

「はて、どうするかな？」

知らずと季蔵は腕組みをしていた。

毎年秋になると、小さな一膳飯屋《いちぜんめしや》にすぎないというのに、塩梅屋には市中のお大尽の使いがひきもきらず訪れる。

目当ては先代主、長次郎《ちょうじろう》から受け継いだ熟柿《ずくし》であった。

熟柿は頃合いを見てもいだ柿を木箱に入れ、離れの座敷に運び、古びた座布団で保温して拵《こしら》える。

この熟柿は、古代インドの王が飢えに苦しむ人たちに与えたという菴摩羅果《あんもらか》（マンゴー）の味わいに似て、秋の市中では右に出る物のない、極上の水菓子とされていた。舌の上で甘さと上品な風味が、とろりと泡雪のように溶けて流れ、胃の腑《ふ》が歓喜する。

ただし、先代が拵える熟柿の数は、年寄りたちが暮らす太郎兵衛《たろべえ》長屋の人数分に、味見用の数個と決まっていて、季蔵もこれに倣ってきた。

ようは熟柿は、食通のお大尽たちにとって幻の水菓子であり、垂涎《すいぜん》の的なのは、幾ら金を積んでも、これが売られることがないからであった。

意地の強いお大尽たちは、味見用の数個のうちの一個でもいいから、何とかして、自分の舌に載せようと使いを寄越《よこ》していたのである。

「やってみるか」

季蔵の掛け声に、

「でも、大丈夫？」

三吉は首をかしげた。

季蔵が先代から引き継いだのは塩梅屋だけではなかった。

北町奉行烏谷椋十郎《からすだにりょうじゅうろう》の隠れ者としての任もあり、昨年の秋、それと関《かか》わって、仕上がりかけていた熟柿が盗まれ、見るも無残な状態になって木箱ごと戻されてきた。

しかし、その木箱は今はもうない。

長次郎やその形見まで穢《けが》されたような気がするので光徳寺《こうとくじ》で経を上げてもらった後、焼却してしまったのである。

季蔵は離れの納戸から新しい木箱を運んで来た。

三吉はまだ柿の木を見上げている。

「今年はお嬢さん、やっちゃあくれないよね」

毎年、柿の木に登って、数をかぞえながらその実をもぐのはおき玖《く》の役目であった。

「おいら、柿の実が青いうちから、ずーっと気になってたんだ。今年はどうするんだろうって。寝言でまで言ってたみたい。そしたら、おっかあが、〝御新造さんになったんだから、今年からお嬢さんに頼んじゃいけないよ、やや子でも出来てて、もしものことがあったらどうするんだい？〟って――」

「たしかにな」

季蔵は真顔で頷《うなず》いた。

「そうなると、おいら？　おいらが木に登るの？」

三吉の身体《からだ》が後退《あとずさ》った。

「心配するな」

季蔵は裾《すそ》と袖《そで》をからげてひょいと柿の木に飛び乗った。

だが、するするとはゆかずに、ついつい腰を突き出し、柿の木にしがみつくような姿勢で登り、まずは実を一つもいで、

「しっかり、受け取ってくれ」

三吉に向けて放《ほう》り投げた。

「季蔵さん、へっぴり腰だよ、落ちないでね、気をつけて」

笑いを嚙《か》み殺している三吉に、

「おまえこそ、落とすんじゃないぞ」

季蔵は大声を上げた。

こうして、太郎兵衛長屋の人数分と味見の数個の収穫が終わった。

木に残っている柿はそのまま熟させて、冬を迎える野鳥たちへの裾分けになる。

季蔵は三吉に手伝わせて、新しい木箱に柿を詰め、離れの座敷に置き、やはり新しい座布団で保温した。

実は、継《つ》ぎ接《は》ぎだらけの熟柿用の座布団も木箱や中身と一緒に盗まれ、捨てられていたのを三吉が拾ってきていた。

おき玖が、この座布団でないと塩梅屋の熟柿はできないからと言うので預かったものの、やはり、木箱同様以前の物とよく似た綿と木綿地を選んで、季蔵は新しい座布団を用意していた。

——去年はあんなことがあって、太郎兵衛長屋へは、急場で拵えたあま干し柿しか届けられませんでした。でも、わたしはやはり、熟柿を届けたい、お年寄りたちのもっともっと喜ぶ顔を見たいのです。お嬢さんも同じ思いでしょう。ですから、頼みますよ、とっつぁん、どうか、また、あの熟柿を作らせてください——

季蔵は離れにある仏壇に線香を上げて手を合わせた。

すると、そこへ、

「季蔵さん、清美《きよみ》さんが来てるよ」

店に戻っていた三吉が告げにきた。

「今、すぐ行く」

勝手口から入ると、

「お邪魔してます。この間はどうもありがとうございました」

籠《かご》を手にした清美が立ったままでいた。

縞《しま》木綿をこざっぱりと着こなしている清美は、年齢《とし》の頃は二十七、八で、娘の頃は小町と騒がれた清々《すがすが》しい美貌《びぼう》の持ち主であった。

今はやや窶《やつ》れて肌がくすみ、時折、表情に翳《かげ》りが見える。

「百合根《ゆりね》ですね」

季蔵は清美に微笑《ほほえ》んだ。

「今頃なら、まだ仕込み前で、今日の品書きに百合根料理を入れていただけるかと思って――」

清美は籠の中から、色白でぽっちゃりと丸く肥えた百合根を出して見せた。

「たしかに見事な百合根だ」

季蔵は鱗片《りんぺん》に張りがあり、しっかりと重なり合って、硬く締まっている清美の百合根に見惚《みと》れた。

「傷や黒ずみもなく、紫がかってもいません。うちでは、天地神明にかけて、苦みのある、紫がかった百合根はお売りしてません。うちの百合根はお姫様の肌のように真っ白なんです」

さらに清美は推してきて、

「それでは三つばかり、いただきましょう」

季蔵が代金を渡すと、

「毎度ありがとうございました」

清美は目尻に皺《しわ》を作り、精一杯の愛想笑いを浮かべて帰って行った。

「季蔵さん、今日は裏の柿を何とかしなくちゃってことで、品書きは昨日から決まってて、仕込みももう終わってるよ。何も百合根なんてどうにかしなくても――。今は春じゃないんだし」

三吉は普段、食べ慣れていない百合根の丸い塊を見つめて、ふうとため息をついた。

百合根の鱗片をばらばらにすると、花びらに似た形になる。

これらの縁を削って形を調えてから、さっと茹《ゆ》で、食紅を加えた出汁《だし》または、梅酢に漬けておくと、桜色の美しい花びらが出来上がる。

「この間の百合根は茶碗《ちゃわん》蒸しに入れて、餡《あん》にも作った。おまえも食べただろう？」

百合根は熱を加えるとほくほくとした舌触りとなり、蒸して固まった卵出汁と相俟《あいま》って、海老《えび》や干し椎茸《しいたけ》、蒲鉾《かまぼこ》等の具とは一味違う、高貴な風味を醸し出してくれる。

「あの茶碗蒸し、お嬢さんが〝凄《すご》い、凄い、これは京料理も敵《かな》わない、風流茶碗蒸しよ〟だなんて言ってたんで黙ってたけど、おいらは正直、腹持ちのいい茶碗蒸しだとしか思わなかったよ。そもそも普通の茶碗蒸しって、おいらには何か物足りないんだ。卵が固まってて、嵩《かさ》がありそうに見えるけど、入ってんのは、出汁と卵とほんの一切れの海老や干し椎茸、蒲鉾なんかなんだから、清《す》まし汁とあんまり変わらないんだよね。その点、百合根入りのは満足した。でも、すごーく、百合根が美味《うま》いってわけじゃなかった」

――そうだったのか、三吉も思ったことをすぐ口にしなくなったのだな、少しは大人になった――

季蔵はへえと感心して、

「それじゃ、百合根の代わりに何を入れる？」

「おいらは鶏《とり》。絶対鶏の肉。いい出汁も出るし、鶏なら一切れでも腹持ちはいいし、それでもう、清まし汁じゃなくなる。いい酒の肴《さかな》にもなると思うけど」

なるほどと思った季蔵は、

「鶏の仕入れを考えておこう」

笑顔で頷いた。

「それともう一つ、言っていい？」

「聞こう」

「百合根餡のことなんだけど」

百合根餡はほぐした百合根を、水、砂糖、味醂《みりん》で崩れるまで煮含めて仕上げる。

「正直に言ってみろ」

「おいらは小豆餡や唐芋（さつまいも）餡の方がよっぽど美味いと思うんだけど」

「小豆餡や唐芋餡は菓子だろう？　ほろっと少々苦い百合根餡は酒の肴だ」

「そういや、お客さんたち、〝こりゃ、珍しい口福だ〟なんて言いながら、美味《おい》しそうに箸《はし》で摘《つま》んでお酒飲んでたね」

「百合根餡の癖になる甘さは、酒の飲める大人にならないとわからない」

「何だ、そうだったのか」

肩をすくめた三吉に向けて、

──まだまだ子どもだ──

「百合根餡の美味さがわかるまで、しっかり仕込んでやるからな」

季蔵は心して笑みを消した。

二

この日は先代からの馴染《なじ》み客である、履物屋の隠居喜平《きへい》と大工の辰吉《たつきち》が床几《しょうぎ》に腰を下ろした。

「いい匂《にお》いじゃないか」

店の中は揚げ油の匂いが満ちていて、喜平が鼻をひくつかせた。

「どうぞ」

三吉は酒の出し方が板についてきた。

それでも辰吉は、

「おき玖ちゃんがいないのはちょいと寂しいよな」

などと洩《も》らして三吉をしょげさせた。

季蔵は揚げ百合根を拵えていた。

百合根は揚げても美味である。

まずは、ばらばらにして水で汚れを取り除いた百合根を干して、完全に水気を切っておく。

鍋《なべ》に百合根の鱗片が被《かぶ》るくらいの油を熱し、水気を切った百合根を揚げていく。うっすらと狐《きつね》色に揚がったら、紙を敷いた目笊《めざる》の上に取って、まだ熱いうちに細切りにした塩昆布《しおこんぶ》をまぶしておく。

器に盛りつけて白胡麻《ごま》を振って仕上げる。

「こりゃあ、いい肴になる。百合根にこんな料理があったとは、さすが、季蔵さんだ。せっかくの百合根がうちの味噌汁《みそしる》の実になってた時は、変わり種の里芋かと思ったよ」

辰吉は愚痴混じりに箸を進め、

「この、外はカラッ、中はホクホクがたまんないねえ。うちの嫁ときたら、出汁で煮て卵でとじるだけなんだから、ったく、芸がないったらない。文句を言ったら、〝あら、お義《と》父《う》さんは百合根入りの茶碗蒸しがお好きだったじゃないですか。お土産にまで百合根を買ってきてくださるなんて、よほど、お好きなんだろうと思って、気を利かせたつもりです〟だって、しゃあしゃあとしたもんだった」

喜平はあけすけに嫁の悪口を言った。

「ご隠居、それ――」

辰吉が喜平を凝視した。

喜平の方も、

「何でおまえのとこの味噌汁が、せっかくの百合根入りなんだ？」

人差し指を辰吉に向けた。

「どうやら、お二人とも百合根をおもとめになったようですね」

季蔵はふっと笑って言い当てた。

「真っ白でふくふくしたいい百合根だったんでね、さぞかし美味いだろうと思った」

喜平はこほんと一つ咳《せき》をした。

「うちのおちえに似てたもんだから」

俯《うつむ》いた辰吉に、

「あんたの女房とは月とすっぽんだと思うがな。いや、鶴と――」

喜平がふと洩らして続けかけ、

——いかん、禁句の褞袍《どてら》が出てしまう——

ひやりとした季蔵は、

「喜平さん」

あわてて止めた。

褞袍は禁句なのである。

痩《や》せの大食いの辰吉とは正反対に、女房のおちえは女巨漢と言っていいほど、堂々たる体格の持ち主であった。

この女房に惚《ほ》れきっている辰吉は、喜平が酔いに紛れて、〝あんなものは女じゃない、ただの褞袍だ〟と呟《つぶや》いた一言を、長い間、根に持っていた。

話の弾みで蒸し返しては、泥酔した辰吉がこめかみに青筋を立てて怒り、喜平に殴りかかったことも一度や二度ではなかった。

——流行風邪《はやりかぜ》で喜平さんが死線を彷徨《さまよ》い、辰吉さんがえらく心配するなどのこともあって、幸いにも、このところ、騒ぎとは無縁の二人だった。だが、もう、喜平さんは月とすっぽんと言ってしまった——

包丁を動かしながら、季蔵は上目遣いに辰吉の顔色を窺《うかが》った。

すると突然、

「おいら、すっぽんなのかな？」

三吉が話に入ってきた。

「どういうことかな？」

喜平はしまったという表情を素早く笑みに変えた。

「だって、おいら、お酒も満足にもてなせないみたいに思われてるし」

三吉は辰吉を軽く睨《にら》んだ。

「さっき、悪いこと言ったな、すまねえ。なに、おまえだって、いつまでもすっぽんのままでいるもんか、料理人の腕を磨いてきっと月に近づくよ」

辰吉も話に乗った。

「それから、おいら、金輪際、もてないすっぽんのままは嫌なんだ。商いだって、もてた方がいい目を見るだろ。ほら、百合根商いの清美さんみたいに。あ、でも、男前とはほど遠いおいらなんかが、そもそも小町娘で、姿形のいい清美さんにあやかろうなんて無理なのかも――」

三吉はがっくりと肩を落とした。

「うちみたいな商いの基本は姿形じゃない、真心だよ。料理の腕もお客様への接し方も真心あってこそだ」

聞き咎《とが》めた季蔵が窘《たしな》めると、

「でも、ご隠居さんや辰吉さんが、土産に百合根を清美さんから買ったのは、やっぱり、相手が綺麗《きれい》だからだと思うけど」

三吉は消沈した顔で言った。

「それは違う」

季蔵は言い切って、

「それじゃ、このわたしも売りに来た清美さんの色香に惑わされて、百合根を買ったというのか？」

やや言葉を荒らげた。

「季蔵さんには瑠璃《るり》さんという女《ひと》がいるからきっと違う、違う」

三吉は首を横に強く振った。

季蔵の元許嫁《いいなずけ》の瑠璃は心を病み、烏谷椋十郎と親しい長唄《ながうた》の師匠お涼《りょう》の許《もと》で、手厚い世話を受けている。

空《うつ》ろな眼差《まなざ》しで、誰のこともわからない様子が続いていた瑠璃だったが、話しかけることが何よりだと確信した季蔵は、このところ十日に一度はお涼の住まう南茅場《かやば》町に足を向けていた。

遅々とではあったが、断片的な言葉や表情など、瑠璃は恢復《かいふく》の兆しを見せ始めていて、季蔵の心は希望の灯火を点《とも》らせた。

――瑠璃の心は、鱗片が重なりあっている百合根に似ているようで違う。百合根は鱗片だけで他に何も無いが、瑠璃の心は鱗片の鎧《よろい》を脱げば、許嫁だった時の瑠璃が必ず居るのだと信じたい。一枚、また一枚と鱗片を剝《は》がしてやるのがわたしの役目なのだ――

季蔵が、しばし瑠璃への想《おも》いに囚《とら》われていると、

「俺にも恋女房のおちえがいるぞ」

「わしも死んだかかあを忘れてはおらん」

辰吉と喜平も声を上げた。

「言っておくが、清美さんが精魂込めて作っている百合根は美味いから、買い手がつくのです。そうですよね」

季蔵は二人に相づちをもとめた。

「そうとも。うちの嫁もあれでなかなかの百合根好きでうるさいんだよ」

「おちえの芝居好きは知ってるだろう？　役者顔の器量のいい百合根でないといい顔をしねえんだ」

共に二人は頷いて、

「それと、まあ、あんないい女がしなくてもいい、所帯苦労をしているのは見ていられない、そんな気持ちも多少はある」

喜平が話し出すと、

「ほら、やっぱり――」

またしても口を挟んだ三吉を尻目に、

「俺はご隠居と違って、助平心からじゃねえが、建て増しの仕事で通ってた小間物屋に、あの清美が百合根を売りに来て、お内儀さんが〝この泥棒猫っ〟って叫んで、塩をまいて追いだしたのを見て、気の毒にはなったよ」

辰吉も同調した。

「泥棒猫とは穏やかではありませんね」

「ここは男の客ばかりだから、季蔵さんの耳には入ってねえと思うけど、清美が売ってるのは百合根だけじゃねえっていう噂《うわさ》が女湯なんかの女たちが集まるところじゃ、しきりに囁《ささや》かれてるんだそうだ。とうとう、清美は、またの名は小町売りなんて言われるようにもなってる。うちのおちえは〝馬鹿らしい〟って、最初《はな》っから、信じちゃいねえけど、結構、信じきってる馬鹿な女たちが大勢いるようだよ」

「それでは百合根が売れないでしょう」

――清美さんがこのところ、たびたびここへ商いに来るのは、そんな事情もあったのか――


季蔵は清美の疲れた様子を思い出していた。

「そんなことがあってからというもの、道で籠を持った清美に会うと、つい、百合根を買っちまうんだ。行き交う女たちが白い目で見てるのがわかって、可哀想《かわいそう》になっちまうんだ」

辰吉はしんみりと呟いた。

「可哀想は惚れたが証《あかし》ともいうがな」

喜平が茶化すと、

「そ、そんなことねえよ、あるもんか。俺にはおちえが――」

辰吉は目を剝《む》き、

「そのおちえさんだって、結局は味噌汁に入れちまうんだろ。ようは清美さんの百合根が気に入らないんだろうよ。うちの嫁は亭主の土産じゃないから、辛抱して卵でとじてくれるが、他に何の工夫もしないのは、何か面白くないからだと思う。絶対、倅《せがれ》には食べさせてないだろうな。女によくありがちなむかむかするって奴だよ」

「ま、まさか、おちえに限って――」

「それが女心なんだよ。こういうものは、理屈じゃないから、同情で何回かは百合根を買った男たちも、女房たちの何となく面白くない気配を感じて、そのうち、清美さんの百合根はヤバいんじゃないかって気がしてきて、清美さんに会っても立ち止まらなくなる。百合根はそう安いもんじゃないしね。だから、さっき季蔵さんが言った通り、ここへ来て、清美さんの百合根商いはとことん窮していると思う」

喜平は意味ありげに季蔵を見た。

「二年ほど前のことになりますか、初めて清美さんがここへ来た時、百合根の作り方を聞きました。小指の先ほどの鱗片を土に挿し、六年もかけてあの丸い鱗茎にするのだというのです。その上、毎年、花芽がつかないようにせっせと摘むのだそうです。そうしないと、苦みが出て売り物にならないのだとか――。たいていの百合根は自生している百合の根を掘って売られるものなのですが、幼くして両親《ふたおや》と死別した清美さんは、親戚《しんせき》を盥《たらい》回しにされていた時、里山に住むお百姓だった独り暮らしの伯父さんから、育て方を教わったのだと言っていました。そして、百合根の話をしていた時の清美さんは楽しそうでした。その伯父さんが亡くなってしまった今は、百合根を育てて売る商いは大事な形見だとも話していました。冷たかった親戚の中で、ただ一人、貧しくとも優しかった伯父さんのことを思い出すことができてうれしいのだと――」

――そういえば、あの頃の清美さんは顔色も良くて、目がきらきらと輝いていた。明るく幸せそうだった。窶れて見える今とは大違いだ――

三

「清美さんはいつの間にか、亭主持ちになってた。独り身だった頃には、百合根好きの女の客が沢山付いてたのにな。悪い噂も何もかも亭主が悪いんだと、わしは睨んでる。見たことも話をしたこともないが、きっと甲斐《かい》なしのごろつきみたいな奴なんじゃないかと思う。季蔵さん、清美さんから亭主の話を聞いたことがあるかね？」

喜平の言葉に

「名前だけは。確か、かざり職の源七《げんしち》さんと――」

季蔵は答えた。

――その名を告げた時も清美さん、笑顔が輝いていたが、ご亭主の名を聞いたのはこの時だけだった――

「かざり職の源七？　ふん、聞いたこともない。本人がそう言ってるだけか、おおかたかざり職崩れで、女房の働きで遊び暮らしてるんだろう。元は小町娘の清美さんがあんなにしょぼくれちまったのは、源七と夫婦《めおと》になってからのことだよ」

「まあ、確かにそんな気もするな」

辰吉は相づちを打ったものの、

「だからって俺は、どっかの誰かと違って、清美の弱みに付け込んで、よろしくやろうなんてぇ、助平心は持ち合わせてねえからな」

じろりと隣りの喜平を睨んで、

「おい、爺《じじい》」

拳《こぶし》を固めたまま床几から立ち上がりかけて意識を失い、ぶっ倒れた。

「男ってえのは幾つになっても、花が好きなもんなんだ。いつも見ていたい綺麗な花が、急に枯れて見る影もなくなりそうなのは、お互い、男として悲しく辛《つら》いものだよな、辰吉さん」

しんみりと話しかけた喜平は、季蔵に向かって両手で大きな丸を作ってみせた。

すぐに季蔵は辰吉の長屋まで使いをやった。

このところはご無沙汰《ぶさた》だったが、酔い潰《つぶ》れた辰吉を迎えに来て、背負って帰るのは女房のおちえの役目だったからである。

花だった清美が、亭主のせいで急激に枯れかけているのだという話は長く季蔵の心を占めた。

──加減の良くない時の瑠璃のはかなさにつながる──

「たしかに清美さん、この頃、痩せて首まで細くなってたよね。大丈夫かな？」

男の端くれの三吉も気にしている。

翌日、三吉と二人で仕込みをしていると、突然、油障子が勢いよく開いて、

「た、助けて」

素足で髪を乱した清美が息を切らして飛び込んできた。

「あたしを追い出さずに匿《かくま》ってくれそうなとこ、他に思いつかなかったんです、助けて、お願い」

清美の顔は蒼白《そうはく》である。

「い、いったいどうしたの？」

三吉はすぐに駆け寄ろうとしたが、あわてた弾みで尻餅《しりもち》をついた。

「大丈夫ですか？　何があったんです？」

季蔵は泥にまみれた清美の足を見た。

「そんなの、亭主に虐《いじ》められて、ここまで逃げてきたに決まってるよ、そうだよね、清美さん」

相づちをもとめられた清美は無言である。

「とにかく、こちらへ」

季蔵が清美を厨《くりや》へ招き入れた途端、

「邪魔するよ」

聞いたことのない男の声が戸口で響いた。

「あっ」

叫んだ清美は水瓶《みずがめ》の後ろに屈《かが》み込んで隠れた。

「いらっしゃいませ。この通り、うちはまだなのですが」

季蔵はさらりと断った。

「女房の清美がここへ入るのを見たんだ」

「お名前を伺ってませんが」

季蔵に見据えられた男は、

「俺は亭主の源七だよ」

むっとした顔になった。

小柄でなで肩の源七は整った役者顔であったが、物言いが横柄で情味のない冷たい目をしていた。

——これでは——

季蔵が相手から目を逸《そ》らさずにいると、

「ちょいとごめん」

ずかずかと厨へと入った源七は水瓶の前に立った。

「おい、清美。隠れたって無駄だ。てめえの汚ねえ足が見えてるぜ」

源七は威嚇するような大声を上げた。

その声にあわてた清美が、立ち上がろうとした拍子に水瓶が倒れた。

水浸《びた》しの厨の土間に、突っ立ったままの清美が震えている。

「こんなところにいたとはな」

源七はがらりと優しい声音になった。

清美の腕を労《いたわ》る様子で摑《つか》んだ。

この時、季蔵は清美と源七の目を見た。

清美の目はまだ怯《おび》えていて、源七の方は声音とは裏腹に凍りついている。

「さあ、帰ろう」

源七の手は清美の腕を捕らえたままである。

清美は木偶《でく》のように突っ立ったまま動かず無言である。

「清美さんはとても疲れているようですので、ご亭主は先にお帰りになっていては？　心配ありません、砂糖湯でも飲んで、ここで一休みしたら落ち着きます。わたしが必ずお送りしますから――」

季蔵は見かねて取り成した。

するとあろうことか、源七が土間にひれ伏した。あっと叫びそうになった三吉はあわてて口を両手で押さえた。

「清美、お願《ね》げえだ」

源七は泣き声で続けた。

「俺はおめえがいねえと生きてはいけねえんだよ。おめえが帰ってくれねえんだったら、このまま大川に身を投げてあの世に行った方がましだ。あの世には、まだおめえがいねえってわかってるから気が楽だし、じっと辛抱して待ってりゃ、いつかはおめえも来てくれて、俺を許してくれるかもしんねえからな」

「あんた、あの世でもあたしのことを――そこまで――」

清美の顔がほんのりと桜色に染まって、一筋二筋涙がこぼれ落ちた。

すかさず源七は立ち上がり、

「だからさ、一緒に帰ろう。な、清美。俺たちは夫婦なんだから」

あやす口調になって、女房の手を引いて戸口を出て行った。

「あの人たち、〝お邪魔しました〟の一言もなかったよ、何だよ、あれ？　夫婦喧嘩《げんか》は犬も食わないってこと？」

憤懣《ふんまん》をぶちまけた三吉を、

「生言うんじゃない、夫婦喧嘩の話はおまえにはまだ早すぎるぞ」

窘めた季蔵だったが、

――これで終わればいいが――

この夫婦のことが気にかかった。

案じた通り、清美が逃げて走り込んできて、追いかけてきた源七が連れ帰るという成り行きが二度、三度と続いた。

「人騒がせでこっちは迷惑だし、みっともないったらない。おっとうもおっかあも若い時はあんな風だったのかな？　おいら、何だか、誰かと夫婦になるのが嫌になってきたよ」

三吉はぼやいたが、

——これが続いているうちはまだ、大丈夫なのだろうが——

五度目があった次は、源七が一人で塩梅屋に入ってきた。

「清美が来てるはずだ」

相変わらず源七は季蔵たちには横柄であった。

「来ていません」

季蔵はおやっという顔をしたが、

「そんなはずはない」

源七は目を吊《つ》り上げて厨から離れ、おき玖の部屋だった二階まで探して廻《まわ》った。

最後に、

「本当に知らねえのか？」

三吉にまで凄んで見せて、

「さんざん迷惑してるんだから、知ってたら、早く帰ってもらいたいし、すぐに教えるよ」

意外に手厳しい応酬に、源七は一瞬戸惑った。

「お気が済みましたか？」

季蔵は穏やかに言ったが、

「清美がいないっ」

源七は金切り声をあげて頭を抱えた。

「出て行った時の話を聞かせてください」

季蔵は三吉に湯呑《ゆの》みに冷や酒を用意させて、源七を床几に腰掛けさせた。

「なに、いつものことだよ。昨日の夜もやっちまって、清美の奴、出て行っちまったのさ。夜も遅かったから、てっきり、こちらさんで世話になってるとばかり思ってた。それが来てねえなんて――そんな――。いってえどこに清美は消えてしまったんだい？」

この後、源七は芝居がかった泣き声で〝清美、清美〟と、女房の名を呼びながら只酒《ただ》を飲み続けた。

そして、七ツ半（午後五時頃）近くにはすっかり出来上がり、

「そろそろ、店の暖簾《のれん》を出しますので、すみません、どうかお引き取りを」

季蔵が頼むと、

「ならば土産だ、酒だ、酒のたんまり入った徳利《とっくり》を出せや」

源七は酔眼で脅すようにせがんだ。

「それ、ちょっとあんまり――」

言いかけた三吉を目で制して、

「はい、只今」

季蔵が酒を満たした大徳利を渡すと、これを抱え持った源七は、

「清美、清美、酒、酒、清美」

よろよろとした足どりで帰って行った。

――清美さんが亭主に愛想を尽かして、捕まらない他所《よそ》へ逃げただけのことで、他に何事もなければいいが――

見送った季蔵は案じられた。

四

それから五日が過ぎた。

塩梅屋は八ツ時（午後二時頃）で、立ち寄った定町廻《じょうまちまわ》り同心の田端《たばた》と岡っ引きの松次《まつじ》が、床几に腰かけて、各々、湯呑み酒と甘酒を啜《すす》っている。

「百合根商いの清美さんは、まだ見つからないのですか？」

「そうなのさ」

松次は相づちを打って、大好物の蕎麦《そば》羊羹《ようかん》に菓子楊枝《ようじ》を突き刺した。

無言で酒だけを飲み続ける長身痩軀《そうく》の田端とは対照的に、四角い顔と金壺眼《かなつぼまなこ》が特徴の松次は下戸であり、肴や飯物、菓子などに一家言ある食通でもあった。

塩梅屋では蕎麦が収穫される秋ともなると、信濃《しなの》の知り合いから届く風味のいい蕎麦粉で、箸休めにと、何種かの生菓子が作られる。

その一つが蕎麦羊羹である。

蕎麦粉と寒天、砂糖を煮溶かし、長四角の缶の深さ半分まで流して固まらせる。次に、また蕎麦粉と寒天の煮溶かしたものを作り、適量の小倉餡、抹茶粉、柚子《ゆず》皮等を加え、先ほどの缶の固まった上に流して、二層の奥行きのある味に仕上げる。

「これはいいね、何とも風流だよ。夏には冷やしたのを食わせてほしいもんだ」

相好を崩す松次に、

「でも、親分、古くなった夏の蕎麦粉は今一つですから」

季蔵は首をかしげた後、

「ご亭主の源七さんはさぞかし、案じていることでしょう」

話を清美の行方に戻した。

「その源七も姿を消した」

田端がぽつりと呟いて、

「それと、番屋に言ってきたのは源七じゃあねえんだよ」

松次が後を続けた。

「それでは、いったいどなたが？」

季蔵は、てっきり源七が女房の行方知れずを番屋に伝えたとばかり思っていた。

「柳橋の先、下平右衛門《へいえもん》町にある旅籠《はたご》の川勝亭《かわかつてい》を知ってるだろう？」

下平右衛門町の川勝亭は諸国のお大尽や粋人が逗留《とうりゅう》することの多い、市中でも名の知れた旅籠であった。

「ええ、もちろん」

「そこの女将《おかみ》のお舟《ふね》が、是非とも清美を探してほしいと言ってきたのさ。何でも、川勝亭じゃ、ずっと清美から百合根を買ってて、姉妹のように親しくなってたんだと。お舟は清美から、亭主の源七とのことをさんざん聞かされていたというから、源七までいなくなったと聞いて、これはてっきりと思い込んで、親身に心配してるってわけだよ」

「それでは、源七さんが清美さんを——」

季蔵はこのところ、たびたび、清美が塩梅屋に逃げ込んできた話をした。

「そうなると、ますます、源七の奴が怪しいな。よくあるだろう？　夫婦喧嘩の弾みってぇのが——。あんたに、清美を探しているふりをしたのも、手にかけちまった女房の骸《むくろ》をどっかに隠しておいて、疑いを逸らすためかもしれねえぜ」

それは考えられると季蔵も思った。

しかし、田端は、

「源七が姿を消したのは清美がいなくなった翌日のことだ。源七に金を用立てていた遊び仲間が、市中を探し回ったが、とうとう、見つけられなかったという。この男は家捜しまでしている」

首をかしげ、

「源七さんがいなくなったのが、清美さんが行方知れずになった翌日ならば、ここに来てすぐということになりますね。すぐに姿をくらますつもりなのに、探しているふりをした上、酒を満たした塩梅屋《うち》の大徳利まで持って行くというのは、たしかに合点が行きませんも」

季蔵も倣った。

「そうなると、借金を返せねえもんだから、夫婦揃《そろ》って逃げちまったってことも考えられるな。それだ、それ、それ」

松次は両手を打ち合わせかけたが、

「ああ、でも、逃げるんなら一緒に夜逃げだろ？　わざわざ、ここまで女房を探しに来たのはやっぱり、おかしい」

忌々《いまいま》しげに頰杖《ほおづえ》をついて、最後に一切れ残っていた蕎麦羊羹を口に放り込んだ。

「清美さんに想う相手ができて、密《ひそ》かに江戸を離れ、気づいた源七さんが追いかけたというようなことはないでしょうか？」

そうであってほしい、清美が源七から逃げ果《おお》せていればいいと季蔵は切に願った。

「川勝亭の女将も同じようなことを言ってる。何としてでも、清美の安否を知りてえんだそうだ。突き止めてほしいって、奉行所に幾ばくかの金を持って日参してきてるんだ。そう言われても、こっちのお役目は、それだけじゃねえんだから——ねえ、旦那《だんな》」

松次は口を尖《とが》らせ、田端はふうとため息をついた。

この日は夕暮れ時に北町奉行烏谷椋十郎が前触れもなく姿を見せた。

いつものように暮れ六ツ（午後六時頃）の鐘の音の鳴り始めたとたん、

「邪魔をするぞ」

大入道を想わせる巨体がのしのしと店に入ってきた。

「あれは出来ないのか？」

「かど飯でございますか」

「そうだ」

かど飯は、下ろした生姜《しょうが》の汁、醤油《しょうゆ》、酒、味醂で味をつけ、昆布を載せて炊き込んだ飯に、焼きたての秋刀魚《さんま》をほぐしてさっくりと混ぜ、大根おろしをのせて食する、この時季ならではの逸品である。

脂の乗った旬《しゅん》の秋刀魚が、醤油味の飯と渾然《こんぜん》一体となっているかど飯の風味は、鰻《うなぎ》の蒲《かば》焼《や》きにも勝ると評判で、それゆえ、先代の頃から贔屓《ひいき》客に限って、昼時に賄い振る舞いをすることがあった。

賄い振る舞いの日は、盥ほどの大きさの寿司《すし》桶《おけ》に作り置いて、訪れる客たちに勧める。

「今年の賄い振る舞いはちと、量が少なかったぞ」

烏谷の文句は毎年のことである。

「今年からかど茶漬けを始めました。これなら、秋刀魚の出回る間は召し上がっていただけます」

烏谷に限らず、かど飯の風味と美味さがたまらない、秋には二度、三度と口にしたいものだという客たちの要望は多く、根負けした季蔵は、かど飯よりはややあっさりと胃の腑に納まる、かど茶漬けを品書きに加えた。

かど茶漬けの飯は醤油味ではなく炊きたての白米である。

茶は熱いほうじ茶を用意する。

もちろん、秋刀魚は焼きたてで、これに、醤油を掛け回し、箸で身をほぐしながらよく馴染ませる。

ほうじ茶をかけた飯と秋刀魚を合わせながら食する。

柚子の搾り汁を垂らしても美味しい。

季蔵は烏谷を離れへと案内すると、早速、縁先で七輪に火を熾《おこ》し、網を載せて秋刀魚を焼き始めた。

頃合いを見計らって、三吉が飯とほうじ茶を運んでくる。

箸を取った烏谷は、意外に器用な手つきで秋刀魚の身をむしり取って、口の中にさらさらと茶漬けを流し入れた。

「なるほど、これはいける。かど飯は冷めるとやや匂いが気になって、味が落ちるのが難だったが、このかど茶漬けなら、その都度拵えるから、秋刀魚の風味は常に天下一品だ。考えたものだな、感心した」

かど茶漬けを五杯も平らげた鳥谷が、

「食った、食った」

丸く突き出た腹を撫《な》で回したところで、

「最後はこれで締めてください」

季蔵は淹《い》れ立てのほうじ茶に、大根下ろしを少々混ぜて勧めた。

言われた通りに大根下ろし茶を啜り終えた鳥谷は、

「おっ、何だか、胃の腑がすっとしてきたぞ。わかった、仕舞いのこの茶まで堪能《たんのう》してこそ、かど茶漬けなのか？」

「左様でございます」

季蔵は笑顔を向けて、

「さあ、そろそろお話を――」

相手を促した。

――お奉行様はかど飯にかこつけておいでになっただけだ――

隠れ者としての自分に命を告げに来たのだと思うと、すでに季蔵の背中に緊張が走っている。

「実は川勝亭の女将に頼まれ事をされたのだ。旅籠だというのがいい隠れ蓑《みの》になって、長いつきあいの川勝亭には、人目につく料亭ではできぬ話の場を頼むこともあって、ずっと世話になってきた。無下にはできぬ」

烏谷は困惑顔で切りだした。

「もしや、それは――」

季蔵は田端や松次から聞いている話を口にした。

「早いな」

苦笑した烏谷に、

「清美さんが川勝亭の女将さん、お舟さんと親しくしていることは清美さん本人から聞いています。ですから、お舟さんの気持ちはよくわかります」

「それでは頼まれてくれるか？」

「もちろんです」

「ただし、田端や松次には内密にしてほしい。いなくなった百合根商いの清美に劣らず、女将のお舟も美しい。わしが心を動かされて、格別な調べをしているという噂が立っては困る。いずれ、わしの川勝亭への出入りまで他人《ひと》に知られてしまう。お舟は幾ばくかの金を持参しおったが、橋の補修に掛かる人足代に回した。だが、そうなると、奉行所の誰もがそう熱心には探さず、お舟への義理が立たなくなる。そこをそちに何とかしてほしいのだ」

「わかりました」

――わたしも清美さんが今どうしているか、心配でならない――

「それと、お舟は清美の畑の百合根を確かめてきてほしいと言っている。覚悟の上で家を出たのなら、丹精している百合根も一緒に持って出たか、自分のところへ届けてくれるはずだというのだ。お舟は清美から百合根を買い付けて、氷室に貯《たくわ》えるのだそうだ。たしかに、お舟のところへ届けて金に換えていれば、路銀の足しになる――」

「実はわたしもそれが気になっていました。明日の早朝にでも、清美さんの畑へ行ってみます」

「よろしく頼む」

珍しく鳥谷は頭《こうべ》を垂れた。

五

翌朝、空が白むのと同時に長屋を出た季蔵は、清美の畑のある滝野川へ向かっていた。

種子屋《たねや》が立ち並ぶタネ屋街道で知られている中山道は板橋宿の手前にある滝野川村の秋は、広がっている名産の牛蒡《ごぼう》や人参《にんじん》の畑で収穫が行われている。

季蔵は掘り起こされているこれらの畑の畦道《あぜみち》を通って、古い小屋の前に立った。

――たしか、清美さんは、〝仲居の仕事で貯めたお金で、お百姓から土地と使っていない道具小屋を借りて、やっと念願の百合根商いができた時はどんなにかうれしかったか〟と喜んでいた。そして、〝作り方を教えてくれた伯父さんからもらった百合根の大事な鱗片を、一片も駄目にせずに、長屋の狭い裏庭に挿して育ててきた甲斐があったんです。畑のあるところだったら、もっと沢山植えられる、これだけを商って食べていけるって思ってたんです〟と言っていた――

近隣には人家は見えず、ただ一面の畑だけが見渡せる。

――清美さんは、〝でもね、百合根なんて作って売ってるとわかると、他の青物の種子を売っている滝野川の人たちはいい顔をしないんですよ。百合根は山へ入って採ってくるもので、何もわざわざ作って売ることはないだろうって。あたしの百合根の鱗片を種のように、タネ屋街道で売る気はないかと言われたこともありました。そんなことしたら、うちのが売りにくくなるんで、もちろん、断りましたよ。そしたら、掘り採った百合根が夜のうちに幾つか盗まれました。以来、翌日売る分だけ持ち帰り、残りの百合根が入った木箱は、小屋の中に仕舞い、戸に釘《くぎ》を打ちつけて帰るようにしてるんです〟とも言っていた。苦労したんだ――

この時、季蔵は清美の行方知れずにはもしかして、近隣の農民たちが関わっているかもしれないと初めて思ったが、

――いいや、違うな。清美さんは、〝そんなことがあったけど、まだ滝野川のタネ屋で百合根の鱗片は売られてません。鱗片から売り物になる百合根を作るのには六年もかかるんです。野良仕事に慣れたお百姓さんたちでも、なかなか売り物にならない百合根に、嫌気がさしてしまったんじゃないかと思います〟と続けていたんだから――

首を横に振って、そよりとやや冷たい秋風が首筋を掠《かす》めるのを感じ、見渡せる周囲の畑に目を転じた。

黒々とした土の掘り跡が広がっている。

——それにしても、これは寂しい眺めだ——

近隣の人たちに敬遠されていた清美が、知り合ったろくでなしの源七を亭主に迎えた気持ちもわかるような気がした。

季蔵はまず、お舟が案じている百合根について調べた。

百合根畑は八ツに区切られていた。

百合根は毎年畑をかえて大きくさせる。一度植えた畑は次に植えるまで七年は空けなくてはならないからである。

区切られた畑の一ツに小石が一つ、二つ、三つと六つまで分けられて積まれて区別ができている。

六つ積まれた畑は掘り起こされているので、これらは鱗片を挿しての一年目、二年目——という別であることがわかった。

釘をはずして、戸を開けると、土間の隅に、収穫された百合根が見つかった。

大きな木箱の中でおがくずに守られている。

季蔵に売ってくれたのと同様、どれもほっくりと白い艶《つや》やかな百合根である。

百合根は収穫後、二、三ヶ月は常温で鮮度を保つ。ただし、傷ませないためには、湿気を防ぐためのおがくずが必要なのである。

——清美さんはこれらを売るつもりだったはずだ——

清美は目的があって自ら姿を隠したのではないと季蔵は確信した。

不安が募って、周囲に目を凝らした。

季蔵は板敷の一部が赤黒く染まっていることに気がついた。

――これは血の痕《あと》だ――

季蔵はぞっと背筋が寒くなった。

――やはり、清美さんは――

あんなにも必死に生きていた清美が、夫婦喧嘩の末、すでに殺されているのかもしれないと考えると、たまらない気持ちになった。

季蔵は骸が隠されているかもしれないと思い、板敷の板を上げて戻した後も、辛い気持ちを押して隅から隅まで調べた。

骸は見つからず、ひとまずほっとはしたものの、居たたまれなくなった季蔵は小屋の外へ出た。

小屋の裏側にまわってみると、思いもかけぬ景色が目に飛び込んできた。

あろうことか、山百合の花が咲いている。

――百合の根を肥えさせるには、花芽を摘むのだと清美さんは言っていたが――

四方八方から伸びた茎に、白い大きな花がついて清楚に華麗に咲き乱れていた。

――しかも、時季外れだ。時季外れであるにもかかわらず、ここまで絢爛《けんらん》に咲き誇っているのは、百合にくわしい清美さんが工夫して、商いの百合根畑とは別に、山百合の花だけをなるべく長く咲かせる畑を拵えていたのだ――

しばし、山百合の花に見惚れていた季蔵は小屋に戻って鎌《かま》を探し当てると、一抱えもある山百合の花束を二つ作り、土間にあった木箱の百合根と一緒に荒縄で背中に括《くく》り付けて帰路に就いた。

どうして、百合根だけではなく、山百合の花まで持ち帰ろうとしたかは、あまりにその咲いている様子が別世界のように美しかったからである。

どんな不幸も寄せ付けない、絶対の幸せの輪が光のように見えた気がした。

――瑠璃に見せたくなったほどだから、川勝亭の女将さんも、この山百合の花だけの畑のことを知っていたのではないだろうか？――

塩梅屋には昼前に着いた。

「使いを二人探してきてくれ」

三吉に頼むと、すぐに川勝亭の女将と烏谷に以下のような文を書いた。

お奉行様よりの命により、お申し越しの調べをいたしました。ついてはお届けする品にて報告とさせていただきます。

塩梅屋季蔵

川勝亭様

川勝亭まで、百合根と時季外れの山百合の花、二点を急ぎ人に託しました。

なお、花の方は瑠璃にも貰《もら》い受け、明日にでも、わたしがお涼さんのところへ届けに上がります。

季蔵

烏谷椋十郎様

居合わせていたおき玖は、

「わあ、綺麗。それに独特のいい匂い。残ってる方は瑠璃さんのためでしょう？　わかってるのよ」

季蔵を冷やかしながら、瑠璃のための山百合を花桶に入れて、たっぷりの井戸水を注いだ。

「そういえば、瑠璃さんって、山百合の花にそっくりな美人よね」

感心するおき玖に、

「赤い襷《たすき》が似合ってて看板娘だったお嬢さんの方は、同じ百合でも鬼百合だよね」

三吉が真顔で呟くと、

「嫌あねえ、鬼百合だなんて。でも、真っ赤な斑《まだら》模様に咲く鬼百合って、実は結構可愛《かわい》いし、旦那様なら、絶対、鬼百合が好きだって言ってくれるわ」

おき玖は睨みかけて、笑い崩れ、

「それはまた、ごちそうさまです。それに何より、鬼百合は山百合、小鬼百合と並んで、百合根として食べることができる百合の種《しゅ》ですから――」

季蔵は微笑んで頷いた。

ちなみに、種が百合であれば、すべての百合の根が、百合根として食用に適するわけではなく、この三種以外は苦みが強すぎて不向きなのである。

その夜、ずっと山百合の香りを嗅《か》ぎ続けていたせいか、季蔵は滝野川の小屋の夢を見た。

そこは山百合の花畑であった。

清美が立って笑っている。

「綺麗でしょ。時季にも時季外れにも長く咲かせるには、花芽の摘み具合を加減するんだけどむずかしいのよ。あたしが丹精してたのは百合根だけじゃないってわかった？　これはあたしのやっと叶《かな》った望み。好きな山百合の花に囲まれた家で家族を作りたいの。もう、独りじゃないって感じたいのよ。幸せになりたいっ」

話し終えた清美は何故《なぜ》か後ろ姿を向けて、

「でも、山百合の花は寂しすぎる――」

振り返って告げた顔は瑠璃に変わっていた。

「悲しすぎる――」

気がつくと、咲いている山百合の大きな花すべてが髑髏《どくろ》に変わり果てていた。さっと大風が吹くと消え去り、黒土の上には腹部を刺された清美の骸が転がっている。

ほどなくその骸の顔が瑠璃に変わる。

「瑠璃っ」

叫んで目を覚ますとびっしょりと冷たい寝汗を掻《か》いていた。

――不吉すぎる夢だった――

明け烏がけたたましく鳴いた。

悪夢の続きは見たくないと思い、起き出した季蔵が飯炊きの支度をしていると、

「季蔵さん、俺だよ」

松次が油障子を開けた。

「朝早くからすまねえが、あんたも気にしてた仏が上がったんだ。田端の旦那があんたにも来てほしいってえんで、迎えに来た」

「わかりました」

心の中に痛い震えが走るのを感じて季蔵は身支度を調えた。

六

清美の骸は居付家主《いえぬし》（持ち主）が変わって、近く建て替えが計画されていた、南鞘《さや》町の三軒長屋の井戸に投げ込まれていたのを、朝一で家の取り壊しに来て、井戸を覗《のぞ》いた大工の一人が見つけて胆《きも》を潰した。

「目が覚めて、そろそろ飯の支度でもしようとしてたら、番太郎が血相を変えて報《しら》せにき

たんだ。百合根商いの清美が大変なことになったって――」

　季蔵は松次について番屋へと向かっている。

　すでに骸は井戸から引き上げられて、戸板で番屋へと運ばれてくる頃だという。

「大家(管理人)が戸板を手配して飛んできたんだ。大工に井戸を覗かせたのは、井戸だけは壊さねえで、そのまんまで使おうと新しい家主は思ってたからだろうよ。そうは言っても、もう、そんなケチなことは言いっこなし。いずれこの噂は広がる。あの井戸は綺麗さっぱり潰して、作り直しってことにしないと、店子《たなこ》(借家人)は集まんねえだろうと思うけどな」

　松次が番屋の腰高障子を開けて中へと入った。

　田端が目で頷いて、板敷から土間へ下りてきて、筵《むしろ》が被せられていた清美の骸の前に立った。

「見せていただいてよろしいでしょうか?」

　季蔵は、骸に関わる観察眼を買われ、乞《こ》われて骸を見てほしいと何度か頼まれたことがあった。

　無言で首を縦に倒した田端の前に蹲《うずくま》るようにして、しゃがみ込んだ季蔵は手を合わせた後、骸の筵《の》を取り除けた。

「井戸に浮いてるのを引き上げてみると、こうだったのさ」

　松次は清美の首に付いている赤い筋を指さした。

――首を絞められて殺されたのか――

季蔵の頭に滝野川の小屋の板敷の赤黒い染みが浮かんで消えた。

――すると、あれは別物ということになるが――

「検《あらた》めさせていただきます」

再度、両手を骸に向けて合わせた季蔵は、清美の着物の両袖と裾をまくって両手足に傷がないことを確かめた。

続いて帯を解くと腹部がややせりだしていた。

――これは――

「可哀想に、清美は身籠《みご》もってたんだ」

松次が目をしばたたかせ、一瞬目を伏せた田端は、

「百合根を売り歩いていて、三軒長屋近くの人気のないところで襲われ、絞め殺されて井戸へと放り込まれたようだ」

傍らに置かれている、日頃百合根を入れて売り歩いていた籠の方を見た。

――そんな酷《むご》いことが――

骸を検めていた季蔵の手が止まった。

察した田端は、

「水浸しになっていた骸で断定はできないが、裾は乱れていなかった」

小声で告げた。

——何ということだ——

季蔵は下手人への怒りでかっと頭に血が上るのを感じた。

——何の罪もない清美さんが——。百合根で暮らしを立てようと、左内町に住まいながら滝野川村で百合根を作り、朝、暗いうちから、夜、暗くなるまで働き、ささやかな幸せを願っていただけだというのに——

「これで清美殺しは必ずしも亭主の仕業ではなくなった」

田端は言い切り、

「下手人は南鞘町の三軒長屋の事情を知っていた者ということになりますね。買われた三軒長屋に人がもう住んでおらず、壊すのを待つばかりで、井戸はまだ埋められていないとわかっていたわけですから。ところで新しい家主や大家の名は？」

季蔵が問うと、

「上の命により告げられぬ。それに家主や大家だけに疑いを向けることはできない。南鞘町近くに住む者たちなら、三軒長屋の取り壊しのことは知っているだろうしな。その他にも——」

田端は先を続けずに、促すように松次の方を見た。

「清美には小町売りの噂もあったろう？　だからさ、市中で姿を見つけた助平野郎がその気になって後を尾行《つけ》、三軒長屋近くで言い寄ったものの、折り合いがつかずに袖にされたんで、殺《や》っちまったってこともあるだろう？」

松次は言いにくそうに告げた。

「それでも、三軒長屋に人がいないとわかっている者でないと、骸の後始末はできないはずです」

「それがそうでもないんだよ」

松次は胸元から畳んだ紙を取り出して広げた。

紙は瓦版《かわらばん》で南鞘町の三軒長屋が、両替屋の銭屋《ぜにや》助左衛門《すけざえもん》に買われ、新しく生まれ変わるが、店賃は古い時のまま据え置くと明言しているので、建て替えられた暁には、店子が殺到するだろうと書かれていた。

「これは清美がいなくなる何日か前の瓦版だよ」

――そうなると、たしかにこれを買った者たちの誰もが、南鞘町の三軒長屋の取り壊しを知っていたことになり、下手人を絞り込むのがむずかしくなる――

途方に暮れた季蔵は、

「清美さんは商いの途中に殺されていました。しかし、それなら、なぜ、源七さんは清美さんを塩梅屋に探しに来て、夜、夫婦喧嘩をしたなどと言ったのでしょう？　清美さんは帰ってきていなかったはずなのに――」

ふと疑問を口にした。

「源七はあんたのところで大酒をかっ食らった挙げ句、土産の大徳利までせしめたんだったよな」

松次は気の毒そうな物言いで念を押すと、季蔵が頷くのを待って、

「それなら、酒をねだりに来ただけってことだよ。ああいうどうしようもない奴にありがちな回りくどいやり方さ」

あっさりと言い切った。

この時、いつもがたぴしと鳴る建て付けの悪い腰高障子が、なぜか、音もなく開いた。

年齢《とし》の頃は三十五、六ながら、娘のように艶やかな肌つやの女が、元芸者の粋《いき》なお涼とはまた違って、素人臭さが野暮ではなく、咲いたばかりの大輪の牡丹《ぼたん》のようなあでやかさを漂わせて立っていた。

「お邪魔いたします」

礼儀正しい声は鈴が転がる音のように華やいでいる。

「何だ、川勝亭の女将さんか。いつもする腰高障子のがたがたがねえんで、てっきり、幽霊かと思ったぜ」

松次は眩《まぶ》しそうにお舟を見た。

「清美ちゃん」

叫んだお舟はしばらくの間、筵を取り除けたままになっている清美の骸にとりすがって悲嘆に暮れた。

「あたしったら、覚悟してきたというのにいけませんね」

涙を振り払ったお舟は、

「川勝亭からお弔いをだしたいので、清美ちゃんの骸を引き取らせていただきます。そのためにまいりました」

丁寧に頭を下げた。

「あんた、身寄りのない清美を川勝亭の菩提寺《ぼだいじ》に葬るつもりだな」

松次の念押しに、

「もちろんでございます。一人娘のあたしには他に兄弟姉妹はおらず、あたしは清美ちゃんを妹と思ってましたから」

お舟はまた、溢《あふ》れ出てきた涙を袖で拭《ぬぐ》いながら応《こた》えて、

「お願いでございます」

土間に正座すると、

「清美ちゃんをこんな酷い目に遭わせた下手人を、一刻も早く捕まえて、打ち首にして仇《かたき》を取ってやってください。どうか、どうか、お願いでございます」

両手を突いて深々と頭を下げた。

「わかった、わかったからもう止めろ」

田端が苦い顔で頷くまで続けられた。

やっと立ち上がったお舟は、

「それではすぐにこちらへ人を寄越します。通夜は明日にいたしますので、どうか、いらしてください」

そう言い置いて、帰って行った。

「おかしいねえ。どこにコツがあるんだか――」

松次はお舟が開け閉めした腰高障子に手を掛けたが、やはりいつも通り、がたぴしという音がした。

「おそらく――」

松次に代わって季蔵が試みると、腰高障子は音もなく開閉した。

「何でまた？」

首をかしげる松次に、

「帰る川勝亭の女将さんの様子を見ていたんです。女将さんは腰高障子をそっと労るように優しく持ち上げていました。それでわかったんです」

季蔵がコツを告げると、

「へええ」

早速試した松次は、

「なるほどねえ。これから開け閉めが楽になるぜ。もっとも、暇な時だけだけどな。急いで走ってきた時なんぞは、いつもの通り、気が急《せ》いて思いきり力を入れて、腰高障子をてめえの骨みたいに、がたがたいわせながら開け閉めしちまいそうだ」

ふふふと面白そうに笑った。

一方、

「どれ──」

同じように試してすーっと開閉を繰り返した田端は、

「腰高障子の扱いまで心得ているのが、悪いというわけではないが、俺はあの手の女が苦手だ」

やはりまた苦い顔で本音を洩らした。

七

清美の通夜、弔いから数日過ぎて、川勝亭から文と四段重ねの重箱が塩梅屋に届いた。文には以下のようにあった。


過日は、あそこにいらっしゃったのが塩梅屋季蔵様とは存じませんで、ご挨拶《あいさつ》もせずに失礼いたしました。

その節には百合根と山百合の花をお届けいただきありがとうございました。

おかげで清美ちゃんの仏前に山百合の花と、百合根で拵えた川勝亭の四季の茶菓子を供えることができました。

お届けする四季の茶菓子の方は、百合根だけではなく山百合の花までお届けいただいた御礼の気持ちです。

川勝亭　舟

塩梅屋季蔵様

「まあ、豪華なだけじゃなく、なんて綺麗なお重なんでしょう？」

居合わせていたおき玖が山吹、山百合、菊、水仙の花が金粉で描かれている黒塗りの重箱に目を瞠《みは》った。

「あ、季蔵さん、一緒に文がまだ一通あるよ」

三吉は土間に落ちた文を拾った。

季蔵が中を改めると、

〝どんなにか、清美ちゃんの百合根が茶の湯を好まれるお客様方に喜ばれたか、伝えるのもまた、供養だと思い、食べ物を商っておられる塩梅屋さんに、拙《つたな》い筆ではございますが、拵え方を述べさせていただきます。毎年、この時季に氷室に貯える、清美ちゃんの百合根なしでは、もう、川勝亭では拵えることもないような気もしていますので――〟とまずはお舟の切ない心情が書かれていた。

その後に、百合根を使った四季のお茶菓子の作り方が続いている。


まず、一段目。

春は心が豊かに浮き立つ山吹百合根でございます。

これは塩蒸しして裏漉《うらご》しした百合根に砂糖を加えて煉《ね》り上げ、人肌位の温かさになったら、さらに冷ました後、黄粉《きなこ》を加えて山吹色に仕上げ、棒状に伸ばして、適量に切り分け、拵えておいた漉し餡を包むようにして団子に丸めたものです。

すぐに召し上がらない時は、百合根を煉り上げる時、小麦粉を少量加えておくと、生地の表面が乾くのを防ぐことができます。

また、塩蒸しにしたのは、煮ると粘りの腰は出る代わりに、土の香りがなくなりがちな百合根の風味を残すためです。


お舟の文を読んだ後、季蔵は一段目の山吹百合根の入った重箱の蓋《ふた》を持ち上げた。

「一口で食べられる山吹色の黄金団子って感じだね」

三吉が早速手を伸ばし、

「ほんとにこれ、秋だというのに、春の土の匂いがするわ。何って贅沢《ぜいたく》なお菓子なんでしょ。三吉ちゃん、山吹色の黄金団子じゃ、品がなさすぎるわよ」

おき玖はふうと感動のため息を洩らした。


次に二段目。

夏はさっぱりと涼しげな山百合百合根でございます。

百合根の生地の作り方は山吹百合根と変わりません。

ただし、煉り上げの仕上げに水飴を少量加えて、ひび割れを防ぎます。

手につかないようになるまで煉ったら冷まし、適量を布巾《ふきん》に取って、山百合のつぼみの形に絞ります。

形勝負ですのでこれには熟練が要ります。


二段目の山百合のつぼみは菓子というよりも、典雅な飾り物の箸置きのような印象を受けて、季蔵もおき玖に倣ってため息を洩らしそうになったが、

「わ、食べるとこ少な――」

三吉の正直な感想に、おき玖と顔を見合わせて苦笑した。


今の時季の三段目。

やはり、江戸の秋は菊百合根でございましょう。

まずは白隠元豆で白餡を拵えます。

百合根の生地にこの白餡を混ぜて鍋で煉り上げ、人肌に冷めたところで黄粉を入れ、鍋に戻して、粘りが出るまで煉り戻します。

この時、くれぐれも、熱いうちに黄粉を入れてはなりません。固まってしまって、混ざらなくなります。

煉り戻しを終えたら、火から下ろして濡れ布巾で包んでおき、菊の木型に少々入れて、その上に白餡を載せ、さらに生地を詰めて、木型を押して抜きます。

砂糖水を刷毛《はけ》で塗ってしっとりと仕上げます。申し上げるまでもございませんが、中の白餡の甘みは、生地よりも勝っていなければなりません。

「これは素晴らしい」

重箱の蓋を取った季蔵が思わず感嘆の声を上げたのは、花弁がふっくりと重なっている黄色の小菊に、食紅で赤の濃淡が染め分けられている、型抜きの紅葉が何枚か、添えられていたからであった。

「あ、この紅葉、菊と同じ生地だよ」

「菊の生地よりちょっと甘め、でも、菊の中の白餡ほどじゃない。憎いわねえ――」

「やっぱ、白餡って上品だよね」

「たしかにこのお菓子、江戸の秋の華やかなのにしっとりしてる情緒そのものだわ」

この後は黙って、三吉とおき玖の二人は菓子楊枝を動かし続けた。

最後の四段目。

冬に咲く香り高い雪中花にちなんだ、水仙百合根はどれだけ、春を待つ心の励みになるかしれません。

これにはまず、百合根の裏漉しを拵えておきます。

寒天を水に浸け、柔らかくなったら、火にかけて溶かし、砂糖と裏漉し百合根を加え、弱火でとろとろと四半刻（約三十分）ほど煮て、鍋底が見えるような透明になってきたら火を止めます。

流し缶に入れて固めます。

よく固まったら、水仙の花形に抜き、器に盛りつけて、柚子のおろしたものを花芯《かしん》に見立てて仕上げます。


「おろし柚子が花の芯の代わりだなんて、洒落《しゃれ》てるわ。これは粋な江戸菓子よ」

「おいら、わかったよ。季蔵さん、百合根の真骨頂は茶碗蒸しなんかの料理遣いじゃなしに、こういう茶菓子なんだね」

三吉は季蔵の方を見て、にやっと笑った。

「何でそう思った？　百合根餡は苦くて今一つだったんじゃなかったか？」

季蔵は訊いた。

「おいら、今、茶菓子って言ったけど、茶の湯の時に食べるお菓子っていうのが正しいのかな」

「茶の湯の菓子には、煉り切りが一番だったんじゃないのか？」

求肥《ぎゅうひ》と白餡、砂糖等で煉り上げて、時季《め》の花鳥風月をはじめとする、さまざまな色と形を楽しむ煉り切り菓子は、風雅、風流を愛でる茶の湯に欠かせない生菓子であり、三吉の十八番でもあった。

季蔵が湯屋で知り合った菓子屋嘉月屋《かげつや》の主嘉助《かすけ》から、熱意を見込まれた三吉が秘訣《ひけつ》を教えられて上達したのである。

「今まではそうだったし、今でも、癖のない煉り切りの方が好きだっていう人、多いと思うけど、川勝亭とかに集まる人たちは、特に茶の道を極めてるっていう茶人なんかは、こういう百合根菓子に夢中なんじゃないかとおいらは思う」

「それ、どうして？」

今度はおき玖が首をかしげた。

「百合根の甘み、苦みもちょっと入ってて、大人の味だけど、茶の湯の抹茶だって苦いだろ？　それで、この先はどう言ったらいいか――、おいら、抹茶だって、そうは好きじゃあねえし、でも――」

三吉は頭を抱えかけ、

「ようは苦みと苦みが響き合って美味さが極まった、通の味ってこと？」

おき玖がずばりと言い当てた。

「そうそう――」

三吉は何度も頷き、

「それでは、これの残りは抹茶で賞味してみましょう。お嬢さん、お点前《てまえ》をお願いします」

季蔵は離れの納戸に茶道具を取りに行った。

先代の長次郎は茶の湯こそ嗜《たしな》んでいなかったが、茶道と料理との関わりには一家言あり、日記に以下のように書き遺《のこ》していた。


茶の湯を、一膳飯屋の主の分際で嗜もうとは思わないが、点《た》てた抹茶の切れた味だけは知っておきたいと思い、茶碗、茶を点てる時に使う茶筅《ちゃせん》、抹茶を入れておくなつめ等、簡単な茶道具を揃えた。

親しくしている光徳寺の安徳《あんとく》和尚に習い、おき玖にも一通りは教えた。

茶事には、菓子の他にも料理がもてなされるというが、酒もつきものだ。

この酒と抹茶、どちらの味も引き立てる、菓子や料理を拵えねばならぬとは、何と料理道とは思いやり厚く奥が深いことだろう。


この後、おき玖の点てた抹茶で四季の茶菓子を食べた三吉は、

「これ、もしかして、百合根の苦味なんかよりも、抹茶の方がずっと苦くて、気になんないだけなのかも――」

などと言いだし、

「何言ってるの？　百合根菓子の甘みがこうも際立って清々しくて深いのは、二種の苦味に助けられてるからじゃないの」

おき玖は言い放った。

さらにおき玖は、

「駄目よ、三吉ちゃん、全部食べちゃ。これ、絶対、瑠璃さんにも食べさせてあげたい。何だか、とっても似合いそうなお菓子だもの」

重箱に蓋をしてしまった。

第二話　えんがわ尽くし

一

「百合根《ゆりね》の生菓子は日持ちがしないのよ。だから、季蔵《としぞう》さん、今すぐ瑠璃《るり》さんに持っていってあげて」

おき玖《く》に促されて季蔵は瑠璃が身を寄せているお涼《りょう》の家へと向かった。

──届けた山百合が禍《わざわい》していないといいが──

清美《きよみ》の滝野川の畑から持ち帰ってきた山百合は香りが強く、季蔵を悪夢に導いた上、目覚めると当人の訃報《ふほう》がもたらされた。

それで、瑠璃には届けようか、どうしようかと季蔵は迷っていたのだったが、事情を知らずに、気を利かせたおき玖が他人《ひと》を頼んで届けさせていたのであった。

「それでは行ってまいります」

身支度を調えた季蔵は重箱を風呂敷《ふろしき》に包んで店を出た。

「お邪魔します」

南茅場《かやば》町の家の前で声を掛けると、

「まあ、季蔵さん、ちょうどいいところに」

芥子《からし》色に菊の模様が描かれている粋《いき》な袷《あわせ》を着たお涼が出迎えた。

「お届けした山百合は匂《にお》いがきつすぎませんでしたか？」

季蔵はやはり、気がかりでいる。

「山百合は香りも姿も清らかでしたよ」

微笑《ほほえ》んだお涼に季蔵は座敷へと案内された。

床の間には一輪挿しが置かれ、菊の香りが満ちていた。

活《い》けられている菊は、花芯《かしん》だけが黄色く、花弁は白い小菊である。

瑠璃は魅入られたように花器を見つめている。

「貴船菊ですね。瑠璃は覚えているはずです」

季蔵は今時分、瑠璃の家の裏庭でひっそりと咲いていた小さな菊を思い出した。

「やはり、そうでしたか」

わび、さびを真髄とする千利休《せんのりきゅう》によって完成されたわび茶では、侘助《わびすけ》という椿《つばき》の一種や、蠟梅《ろうばい》、接骨木《にわとこ》、木槿《むくげ》、都忘れ、撫子《なでしこ》、水引草などの小ぶりで清楚な花が茶室の花として飾られる。

貴船菊もその一種で、茶を嗜《たしな》んだ瑠璃の父、酒井《さかい》三郎《さぶろう》右衛門《えもん》は、四季折々に茶会を催していた。

幼い頃から茶の湯に親しんできていた瑠璃ほどではなかったが、季蔵も見様見真似《みまね》の経験で勧められた茶をいただくことぐらいはできた。

「もしや、瑠璃が？」

瑠璃が生家に咲いていた貴船菊を思い出したとすれば、大変な恢復《かいふく》ぶりだと季蔵は胸が騒いだ。

「瑠璃さん」

お涼が声を掛けた。

「はーい」

子どものようにあどけなく応《こた》えた瑠璃は、

「山百合」

花入れの貴船菊を指さしてにっこり笑った。

「実は、お隣さんに咲いていた貴船菊を譲ってもらって、飾って瑠璃さんに見せてみたらどうかと言い出したのは旦那《だんな》様なんです。瑠璃さんったら、季蔵さんから届いた山百合がとても気に入って、しきりに何か探したい様子でね。ようやく花入れだと気づいて、適当なものを渡したところ、それじゃ、気に入らないの。いろいろ試して、やっと一輪挿しを見つけたいんだってわかりました。そのことを旦那様に話したら、旦那様が、瑠璃さんのところでは、茶事が盛んで茶室もあり、その時のことを思い出したんじゃないかって。そんな時、偶然、お隣さんの貴船菊が目に入って、〝これなら、茶席で見聞きして知っている、肩の凝る席でこれだけは可愛《かわい》かった〞なんておっしゃって、旦那様自ら、わざわざ頂きにあがったんです」

「山百合、山百合」

瑠璃は呟《つぶや》いた。

「でもね、瑠璃さん、あの山百合はもう枯れちゃったでしょう？」

お涼が宥《なだ》めた。

「山百合、山百合」

前屈《かが》みにぐったりと伸びた瑠璃の背中が駄々をこねている。

「朝からずっとここで見てて、疲れたのよね。少し、休みましょう。季蔵さん、お願いします」

季蔵はお涼と一緒に瑠璃を二階に上がらせ、床をとって寝かせた。

横になった瑠璃はすぐにすやすやと寝息をたてはじめた。

「忘れていました、座敷に百合根で拵《こしら》えた生菓子があります。川勝亭《かわかつてい》さんからのいただき物なのですが」

季蔵は重箱を渡し忘れていたことを思い出した。

「まあ、川勝亭さんの百合根菓子なら、きっと瑠璃さん、大喜びしますよ」

「川勝亭の百合根菓子を御存じなのですね。お奉行様から聞かれたのですか？」

「もちろん、旦那様からも聞いています。他に、わたしの長唄《ながうた》のお弟子さんの中には、川勝亭に出入りして、お金と暇に飽かして、西も東も問わずに、粋人たちと交わって面白がっている方々もいます。あそこの門外不出の百合根菓子は絶品だ、並の菓子屋など足元にも及ばないと皆さん、手放しで褒めているんですよ。四季折々に、この茶菓子が食べたいばかりに、わざわざ江戸へ下って来る、上方《かみがた》のお大尽も多いと聞きました」

――知る人ぞ知る菓子だと思ってはいたが、そこまでのものとは知らなかった――

季蔵が仰天の想《おも》いでいると、

「ところで、瑠璃さんの山百合、山百合との繰り返しの呟き、気になりますね」

お涼は肝心な話に戻した。

「毎日、あのように？」

「山百合が枯れて、代わりに貴船菊になってからはずっと――」

「どうして生家にあった貴船菊を思い出さないのか――」

「〝茶室を設《しつら》えている武家では、貴船菊のような小菊を好んで植えている、瑠璃のところもそのはずだ〟とおっしゃっていた旦那様も首をかしげておられました。〝どうして、あんなに山百合に拘《こだわ》るのか〟とも――」

「そればかりはわたしにもわかりません」

季蔵は悲しそうに首を横に振り、

「ところで、瑠璃は、このところ、こうして疲れて寝入ることが多いのでしょうか？」

瑠璃の寝息に耳を傾けた。

――一時は昼間、ずっと起きていることができたというのに――。そもそも話しかけるのが何よりなのだが、起きていてくれないと話しかけられもしない。もしかして、瑠璃はまた、悪くなっている？――

やはり、あの山百合が禍をもたらしているような気がしてくる。

「山百合が挿してある時は、どんなに見入っていても、疲れているようには見受けられませんでした。貴船菊に代わってからは、ずっとあのようで――。でも、季蔵さんがわざわざ届けてくだすった、川勝亭のあの貴重な百合根菓子さえ口にすれば、また、きっと元気におなりです、きっと――」

お涼は目を瞬《しばたた》かせた。

「よろしく頼みます」

頭《こうべ》を深く垂れた季蔵は、

――いったい、瑠璃の心に何が起きているというのだろう――

漠とした不安を抱えながら南茅場町を辞した。

その翌々日のことである。

昼過ぎて季蔵は神無月魚は何にしようかと考えあぐねていた。

神無月には神様という神様が出雲《いずも》に出向いてしまい、残った恵比須神を祀《まつ》る恵比須講が行われる。

商売繁盛を願う恵比須講は、〝五節句の外にえびすが苦労させ〟とあるように、得意先や知人、親戚《しんせき》を招いて、酒や肴《さかな》を振る舞わなければならないしきたりで大変な出費であった。

酒宴の肴には鯛《たい》が付きものであるが、恵比須講の時には、〝十月の鯛武士へ遠ざかり〟と言われるほどどんどんと値が跳ね上がり、恵比須講と無関係な武家では、鯛を膳《ぜん》に載せられなくなる。

そんな事情もあって、今年から塩梅屋《あんばいや》では神無月には鯛を品書きに出さず、代わりに旬《しゅん》の安価な魚で工夫することに決めたのである。

「悪くない考えだわ。おとっつぁんもね、この時季の鯛の高さには、もう、かっかとして頭から湯気出してたもん。ちっとも新しくなかったり、瘦《や》せてて脂が全然乗ってないのに、ただ、鯛だってだけで、高い金をとる魚屋もよくないって――」

おき玖も頭を縦に振ってくれた。

「平目はどうかと思うのですが――」

今年は平目の揚がりがいいと耳にしている。

「豪助《ごうすけ》さんね」

豪助は季蔵が主家を出奔した直後、乗り込んだ猪牙《ちょき》船《ぶね》の船頭であった。

働き者のどっしりした女丈夫《じょじょうぶ》で、漬け物茶屋を切り盛りしているおしんと所帯を持ち、一粒種の男児にも恵まれている。

豪助は〝あんたのせっかくの男前が、ぶよぶよになって、台無しにならないために〟とおしんに言われて、時折船頭をしているが、所帯を持つ前までは、子どもの頃、生き別れた母親似の茶屋娘に入れあげる癖のため、茶屋代のために棒手振《ぼてふ》りで蜆《しじみ》や浅蜊《あさり》等まで売り歩いていた。

それが縁で豪助には漁師の友達が多く、ある時、豊漁すぎて捨てるほどだった黒鯛の美《お》味《い》しい食べ方を、季蔵が紙に書いて市中に配ったのがきっかけで、その縁は季蔵にまで広がった。

そして、今では、これが今一番安くて美味《うま》いと、旬の魚介を、豪助を通じて知らせてきてくれる仲になっている。

「豪助さんの伝手《つて》なら間違いないわよ」

大きく頷《うなず》いたおき玖は、

「あのね、それから、こんなことまで、あたしに相談しなくていいのよ。あたしはとっくに嫁いだ身で、ここは季蔵さんの店なんだから、遠慮しないで」

立てた右手を左右にひらひらと動かした。

二

さらにその翌朝、季蔵は足を延ばして浅草の乾物屋へと出かけた。

平目料理で誰もが、鯛と同じか、それ以上の味と折り紙を付けるのは昆布〆《こぶじめ》で、品書きに欠かせない。

そもそも生の平目の身は鯛よりも味が濃厚で深い。独特の歯応《はごた》えも楽しめる。

それに昆布《こんぶ》の旨味《うまみ》が加わると、曰《いわ》く言い難い贅沢《ぜいたく》な味になるのだった。

ただし、そのためには、何枚もの昆布が要る。


「買ってきな、買ってきな」

「昨日昆布の荷が着いたばかりだからね、今日はとびきり安くて上等の昆布があるよ」

季蔵は男たちが上げる大声に押されるようにして、昆布を二抱えもとめると塩梅屋へ向かった。

——たしか、今日は豪助が揚がった平目を届けてくれることになっていた。まずは、平目の昆布〆から作ってみるとしよう——

両国広小路に差し掛かった時である。

人々が両国橋に向かって走っているのにでくわした。後を追うと、橋の上で何人かの男たちが、川面に向けて身を乗り出して覗《のぞ》き込んでいる。

「何かあったのですか？」

「流れていた土左衛門が百本杭《ぐい》に引っ掛かったんだそうだ」

「何でも、腰に大きな酒徳利《さけどっくり》をぶらさげてるようだから、酔っ払いの土左衛門だろう」

「酔って、誤って川に落ちたのかね」

「南無阿弥陀仏《なむあみだぶつ》、南無阿弥陀仏」

男たちは、小舟を操って船頭が土左衛門を引き上げている様子を指さしながら手を合わせた。

「おーい」

川の小舟の上から声がした。

「俺一人じゃ、土左衛門は拾えねえ。誰か手伝ってくれ」

声に聞き覚えがある。

──もしや、あれは──

季蔵は岸へと下りた。

土左衛門が引っ掛かっている百本杭のすぐ近くまで走り、

「おーい、わたしだよ、わたし」

小舟の豪助に向かって叫んだ。

「季蔵さんっ」

舟が沈まないように漕《こ》ぎながら、手にしている櫂《かい》を杭に向けて付き出している豪助が振り返った。

「このままじゃ、おまえまで川に落ちて土左衛門になってしまうぞ」

「そりゃあそうだが、金輪際、可哀想《かわいそう》な土左衛門は見捨てられねえ」

「わかった、今、助けを呼ぶから、待っててくれ。沈むんじゃないぞ」

季蔵はまた、橋の上に取って返し、

「すみません、どなたか──」

番屋まで知らせるように頼んだ。

「ああ、そうだった」

男たちは初めて気がついた様子で、

「土左衛門見物なんてしてる時じゃなかったな」

「悪かった——」

一番若い一人が番屋に向かって走り出した。

半刻（約一時間）ほど過ぎた頃、大徳利を腰につけた土左衛門は引き上げられ、季蔵は駆け付けた田端《たばた》と松次《まつじ》と一緒に骸《むくろ》を前にした。

「土左衛門で手間をとっちまったんで、悪いが平目を届けるのは昼過ぎになるぜ」

すでに豪助は舟を操って船着場へと戻っている。

一方、季蔵は、

——な、何と、こ、これは——

まだ、土左衛門の腰の大徳利から目を離せずにいた。

「こいつはずいぶんと長く、川に浸かってたもんだな」

松次はちらと見て眉《まゆ》をしかめた。

たまらない悪臭である。

大きく膨れ上がった土左衛門が男であることが、かろうじて残っていた髷《まげ》の形でわかっただけで、顔までずるりと皮が剝《む》け、身体《からだ》には魚に食い荒らされた痕《あと》も多かった。

「この大徳利は塩梅屋《うち》のものです」

季蔵は緊張した面持ちで、腹が突き出た布袋《ほてい》が描かれた大きな酒徳利を見つめた。

「間違いないか？」

田端が念を押す。

「ここに描かれている布袋様も酒好きで、徳利を腰にぶらさげているでしょう？　先代が何とも面白い絵柄だと言って、瀬戸物市でもとめて来た一点限りの掘り出し物です。絵柄といい、大きさといい、うちのもの以外にあり得ません」

季蔵は言い切った。

「とすると、この土左衛門は殺された清美の亭主の源七《げんしち》ってわけかい？」

松次は金壺眼《かなつぼまなこ》をこれ以上はないと思われるほど大きく瞠《みは》った。

「他に考えられません」

「するってえと、源七はあんたのところを出てから、殺されたんだな」

季蔵は頷いたが、その目は魚が突いた嚙《か》み痕とは別の傷痕に吸い寄せられていた。

「それも間違いあるまい」

田端が季蔵の目線のある胸部を指さした。

「水に浸かってわかりにくくなってはいるが、これは間違いなく、匕首《あいくち》などの刃物で抉《えぐ》られた痕だ」

「源七は心《しん》の臓を刺されて、川にどぼんとやられたんですね」

「そういうことになる。ただし、これだけの傷だ。すぐに源七は息絶えたはずだ」

「ようは、川にどぼんとやったのは、骸隠しってことですね」

松次の言葉に田端は黙って頷いた。

――よかった、これで、わたしが話さずとも、いずれ、滝野川村の小屋の板敷の血に行き着く――

季蔵は烏谷《からすだに》からこの件の調べには、立ち入っていない素振りをするように言われている。

「それにしても、旦那、どうしてなんでしょうね、川にどぼんなんていう、念には念を入れた骸隠しなんて――」

しきりに首を捻《ひね》る松次に、

「これからそれを調べるのが我らの役目よ」

田端はさらりと言ってのけた。

この二人が塩梅屋を訪れたのは、源七が土左衛門で見つかってから三日後の昼過ぎであった。

「邪魔するよ」

この日はおき玖が手伝いに来ておらず、入ってきた二人が床几《しょうぎ》に腰を下ろすと、すかさず、三吉《さんきち》が冷や酒の入った湯呑《ゆの》みと甘酒を田端と松次の前に置いた。

二人とも疲れた様子でしばらくは湯呑み酒と甘酒を呷《あお》り続けた。

「いかがですか？　調べの方は――」

機を見計らって季蔵は訊いた。

「こりゃあ、もう、どうもこうもねえなあ」

大きなため息をついた松次に、

「何か召し上がりますか？　平目の昆布〆ならお出しできますが――」

季蔵は勧めたが、

「せっかくだが、あんな土左衛門や滝野川村の清美の今や虫が湧《わ》き放題の小屋を見た後なんでね、しばらく、生ものはよしとくよ。この何日か食が進まねえんだ。腹は空《す》いてるんだろうけど、なあんかね――」

松次の腹の虫がぐうと鳴ってはいる。

「それではうちの今日の賄いでもいかがです？」

季蔵は手早く、時季のしめじご飯を飯碗《めしわん》に盛りつけて松次の前に置いた。

しめじご飯は、石づきを取ってばらばらにしたしめじと、湯をかけて油抜きし、縦半分に千切りにした油揚げを、酒、味醂《みりん》、醤油《しょうゆ》、鰹出汁《かつおだし》と一緒に炊き込んだものである。

油揚げと味醂のコクがしめじの風味を引き出して、香り松茸《まつたけ》、味しめじとはなるほどこのことかと得心させられる。

「箸《はし》休めもございます」

季蔵は昆布生姜《しょうが》の佃煮《つくだに》の入った小壺《こつぼ》の蓋《ふた》を開けた。

昆布生姜の佃煮は、平目の昆布〆に使った後の昆布と、生姜を共に千切りにし、醤油、味醂、酒、砂糖、昆布の出汁をひと煮たちさせた鍋《なべ》に入れて弱火で煮込み、水気がなくなってきたら、炒《い》り胡麻《ごま》を加える。

炒り胡麻を入れてからは火をやや強くして、焦げつかないよう手を休めずに混ぜ続け、砂糖が飴《あめ》状になって、照りが出るまで煮詰めて仕上げる。

「もらおう」

珍しく田端が顎《あご》をしゃくった。

「それでは――」

季蔵は田端の前にも昆布生姜の入った小鉢を置いた。

早速、箸を取った松次は、

「どっちもいけるよ、ああ、やっとこれで、スネちまってた腹の虫が元気になった」

いつもの明るい声になって、三杯、四杯としめじご飯のお代わりをした。

田端の方は昆布生姜の佃煮を肴に黙々と酒を進ませている。

松次の茶になったところで、

「清美さんの滝野川の畑にいらしたんですか？」

話を調べに転じた。

「左内町の長屋には取り立てて何もなかったので近所の者から聞いた滝野川の畑へ行ったのだ。畑の小屋の板敷に血の痕があった。おそらく源七はあそこで殺されたのだろう」

田端が口を開き、

――これで関《かか》わりを隠し通せた――

季蔵は安堵《あんど》した。

「けど、旦那、どうして、夫婦が別々に殺されなきゃなんねえんです？　もっとも、より

によって、あんなぼろ小屋に、物盗《と》りが押し込んだなんて考えられませんけどね。そうだ

としたらよっぽどの馬鹿ですし――」

松次の愚痴めいた物言いを受けて、

「下手人は馬鹿ではないし、物盗りでもない」

田端は目を細めて季蔵を見た。

「ますます、俺にはわかりませんや。馬鹿じゃねえ、物盗りでもねえ下手人が、どうって

ことのねえ孤児《みなしご》だった、しがない百合根商いの女と、そのひもみたいなろくでなしの亭主

を殺したっていうんですか？　おまけに、念を入れて骸を石神井川《しゃくじい》にどぼん。流れ着いた

先が大川の百本杭？」

松次の首は目一杯かしげられた。

三

「それさえわかれば下手人も挙げられるのだが、今は皆目見当がつかない」

田端は断じて、ふうと大きなため息をついた。

「そうでしたね、すいやせん、旦那の気持ちも知らずに、勝手なことばかり言いやして

――」

松次は片手でまず一つ、ぴしゃりと自分の額を張って、

「旦那のご苦労、わかってるはずなのに――。ったく、この馬鹿頭が――」

ぴしゃぴしゃと音を響かせた。

「よほどの事情がおありなのでしょうか？」

季蔵は、早く下手人を見つけてほしいと強い口調で言い残して、あの時番屋を出て行った川勝亭の女将《おかみ》を思い出していた。

――源七さんまで殺されて、これで清美さん殺しは亭主の源七さんではないとはっきりわかった。お奉行様に伝手のあるあの女将さんのことだ、真の下手人を探してくれと息巻いているのでは？――

「ところで、あんた、あの源七の骸はどうなったと思う？」

松次に訊かれた。

「それはお上の御慈悲で――」

「大徳寺《だいとくじ》の墓の中さ」

大徳寺といえば、川勝亭の菩提寺《ぼだいじ》で女房の清美が葬られている。

「それもあの女将さんの計らいなのですね」

「そうともよ。女将は源七が清美を殺した下手人じゃないとわかった以上、二人を一緒に葬ってやらなきゃ、浮かばれねえって言い出してね、あの、あっと驚くような酷い土左衛

門を引き取って、そこそこの通夜と弔《とむら》いをやって、ちゃーんと同じところに葬ったのさ」

「情の厚い立派な心がけです」

「そういやそうなんだけど、そのあと、わざわざ奉行所や番屋に出向いてこられるのはな」

「真の下手人捕縛の催促ですか?」

「今度は清美の時と違って、一言も、下手人だの、探せだのとは言わねえのさ。その代わり、何度もやってきて、どんと出す物は出して、黙って頭を下げて帰ってく。道でばったり会った時はもっと疲れる。座り込んじまって、しばらく、地べたに頭をつけてるんだから。周りには見られてるし、こういうやり方、はっきり言ってまいるぜ」

松次のぼやきに田端は大きく頷いた。

――姉妹同様だったとはいえ、死者へのここまでの思い入れは普通ではない。これは何《な》故《ぜ》なのか?――

季蔵は是非ともお舟《ふね》に会ってみたくなった。

――お舟さんの話から、真の下手人の手掛かりが摑《つか》めるかもしれないし――

田端と松次を見送った後、早速、季蔵は、昆布〆の支度を始めた。

川勝亭の重箱は、すでに、〝瑠璃さんと美味しくいただきました。ありがとうございました〟という、お涼の文と一緒に塩梅屋に戻されてきている。

「この重箱を川勝亭にお返しする時、昆布〆を詰めようと思う」

三吉に話しかけた。

「えっ？　四段全部に平目の昆布〆を詰めるの？」

「そうじゃない、四季の茶菓子のように一段、一段、異なる昆布〆を詰める」

「魚にも旬はあるだろうけど、花みたいには行かないよ。秋刀魚《さんま》は百合根みたいにしまっとけないし――」

「とにかく、美味い昆布〆を詰めようと思う」

「あ、でも、昆布〆に欠かせない鯛は今、高いよ。それでも、相手が川勝亭なんだから、奮発するしかないかも――」

「今月の品書きから外したのだから、鯛は使わない」

季蔵は断言した。

「そうは言っても、なんか、ぱっとしない感じ――」

「鯛を使わずに、昆布〆にして美味いものは思いつかないか？」

「思い切って、青物の昆布〆なんかどうかな。今なら蕪《かぶ》や蓮《はす》、大根なんか――」

「悪くない、で、他には？」

「そう、ぽんぽんは思いつかないよ。鯵《あじ》が余った時、おいら、おっかあに〝酢浸《びた》しの昆布〆にしたら、明日の菜になるよ〟って言って、〝昆布がどんだけ、鯵より高いか、知ってるはずだよ〟ってどやされたっけ。いいと思ったんだけどな」

「鯵の昆布〆はさっぱりとしていて夏向きだ」

「ここは、一年を通し安くて美味い鮪《まぐろ》を使ってみようと思う」

「たしかにね」

「ふーん、鮪の昆布〆？　聞いたことないな」

「聞いたことないついでに、豆腐と蒟蒻《こんにゃく》の昆布〆も作ってみたい。明日早朝、青物と一緒に買いだしてきてくれ。わたしは肝心の鮪を見繕う」

脂が濃厚で、臭みが出やすい鮪は人気がなく、魚屋は扱うのを嫌い、売れ残ることを見越して、鮮度のよくない物を仕入れる向きが多いので、このところ季蔵は、豪助経由で漁師仲間に頼むことにしている。

翌朝、三吉は季蔵に頼まれた食材を買い求めてきた。

いつもの平目と季蔵が頼んだ鮪は豪助が届けてくれた。

「通りかかって見つけただけだってぇのに、番屋に呼ばれていろいろ訊かれてまいったよ。瓦版《かわらばん》も読んだぜ。あの土左衛門、殺された百合根商いの清美の亭主だったんだってな。女房殺して後を追ったんだろうっていうけど、縁あって夫婦になったんだから、もうちっと、何とか、なんなかったもんなのかね」

今や悲しい生い立ちとはかけ離れた、家族揃《そろ》って幸せな暮らしを送っている豪助は眉根を寄せたものの、

「やっぱり、女房が小町娘だったてぇのが何ともいけねえな。男たちが放《ほ》っとかねえから。

女はちょっと綺麗《きれい》なだけじゃ不運だ。女はうちのおしんみたいに、畳の裏か表か、わかんねえような面構えが一番なんだろうよ」

最後は惚気《のろけ》て帰っていった。

ちなみに奉行所は、ずっと清美殺しは源七の仕業のように思わせていて、真の下手人が居るなどということはおくびにも出していなかった。

ここで、雲を摑むかのような、姿なき下手人を匂わせれば、必ず市中に大きな不安が巻き起こると察しての配慮であった。

「さて、始めるぞ」

襷をかけた季蔵は、きりりとした表情になった。

「昆布〆の極意は何だと思う？」

三吉に訊いた。

〝あれはあんまり、簡単すぎて、あっけなくて〟という言葉が危うく出かかったのを、三吉は呑み込んで、

「うーん」

ここは答えない方が無難だと察した。

「たしかに安くない昆布だが、美味い昆布〆を作ろうと思ったら、けちけちせぬことだ」

季蔵はまず、このところ、毎日のように拵えている平目の昆布〆に取りかかった。

すでに昆布は固く絞ったぬれ布巾でふいて汚れを取ってある。

三枚に下ろしてサクに取った平目の両面に塩を振って、しばらく置いてから、さらにしばらく酢に漬けておく。

削《そ》ぎ切りにし、昆布の上に載せてさらにもう一枚の昆布で挟む。

「削ぎ切りにして、間隔を開けて並べていくと昆布が何枚も要る。だが、これは無駄ではない。とっつぁんに教えられて、昆布〆はたとえ、高価な鯛を〆たものでも、鯛の身に染みこんだ昆布の旨味を食べるのだとわかった」

「ふーん」

なるほどと得心した三吉は、

「そうなると、薬味も大事だよね」

咄嗟《とっさ》に閃《ひらめ》いたのだったが、我ながら的を射ていると思い、心の中で鼻が伸びた。

「その通りだ。ならば、平目の昆布〆には何の薬味が合うと思う？」

「刺身と同じで醬油と山葵《わさび》じゃないの？」

「もう一声」

「そんなこと言ったって――」

三吉が泣きべそをかきそうになったので、

「これには酢橘《すだち》が合う。わたしも初めから知っていたわけではない。とっつぁんに、平目の旬には酢橘も出回るのだと教えられた」

季蔵は優しい目で三吉を見つめた。

四

「次は鮪の昆布〆だ。赤身が残ってはいたものの、活きの悪くない、ほどほどに脂の乗ったものをもとめてきた」

季蔵は俎板《まないた》の上に置いた中トロを平目と同様に削ぎ切りにして、酒で伸ばした醬油にさっと浸した昆布の間に並べて〆た。

「これの薬味は？」

「それは後のお楽しみ――」

次に、季蔵は青物の昆布〆に取りかかろうと蓮に手を伸ばした。

「青物を濃い昆布出汁で煮るのと、昆布〆とじゃ、どう違うのかな？」

首をかしげた三吉に、

「煮炊きしないと青物の風味が減らずに、昆布の旨味がぎゅっと詰まる」

季蔵は応え、鮮やかな手つきで、青物の下拵えにとりかかった。

蓮は薄切りにして、酢水でさっと茹《ゆ》でてアクを抜く。蕪や大根、人参《にんじん》は繊維に添って縦半分にした後、爪《つめ》の先ほどの厚みに揃えて切り、それぞれ、銀杏《いちょう》と紅葉《もみじ》の形に型抜きする。ざく切りにした小松菜は、さっと湯をかけてしんなりさせておく。

どれも充分に水気を切る。

後は醬油、塩少々の入った酒に浸した昆布で、各々を〆ていく。

「へえ、青物まで、種類別に昆布〆にするの？」

「当たり前だ。青物こそ、味が繊細なのだから。さあ、いよいよ、蒟蒻と豆腐の昆布〆だ」

季蔵はにっこり笑った。

「それ、全く味の見当がつかなくて、おいら、一番楽しみだな」

「それなら、包丁の腕を見せてくれ」

季蔵は三吉に蒟蒻を切らせた。

「味を染ますのだから、刺身蒟蒻よりもやや厚く――」

「そういうの、慣れてないから――」

汗だくになりながら、蒟蒻を切り終えた三吉は、

「これを〆る昆布も醤油と塩入りの酒に浸すんだよね」

塩壺と醤油に手を伸ばしかけると、

「酒だけでいい」

季蔵は鋭く言い放った。

「どうして？　味が染みやすい青物に味が濃くなるようにして、煮含めるのに結構間がかかる蒟蒻の方に、味つけないの？」

「後でわかる」

応えた季蔵は手早く最後の豆腐の昆布〆を片付けてしまった。

これは小指の先ほどの厚みの短冊切りにした木綿豆腐を、水に浸した昆布で挟むだけであった。

「季蔵さんがうっかり、忘れるわけないけど、昆布使いが要《かなめ》だって言ったのに、お酒にも浸さないでいいのかな？」

唖然《あぜん》とした面持ちの三吉に、

「心配するな、これも後でわかる」

季蔵は頷いて見せて、川勝亭に返す重箱の中身の仕込みを終えた。

八ツ時（午後二時頃）になると、

「まだ多少味は浅めだが、試してみよう」

季蔵は昆布〆の試食を始めた。

「平目や鮪に比べて、味が薄いだろうって思う、豆腐や青物から食べた方がいいよね。濃い味のものから食べちゃうと、薄い味の繊細さがわかんなくなっちゃうから――」

三吉はおどおどと箸を手にした。

「どっちでもいい、好きなように食べろ」

「ほんとに？」

「ああ」

「それじゃ、おいら、やっぱり、こいつから――」

三吉は鮪の昆布〆の方を見た。

「季蔵さんが料理すると、市中じゃ、犬も食わないっていう鮪がどれも美味しかったから。でも、あれって、たしか煮たり焼いたりしてたよね。生はこれが初めてなような気がするんで、期待半分、怖さ半分――。ところで薬味は？」

昆布の間から取り出して皿に盛りつけた鮪の昆布〆は、一見刺身のように見える。

「さあ」

季蔵は皿に盛った鮪に極上の胡麻油を一垂らしした。

神妙な顔で一切れ、口に運んだ三吉は、

「す、凄《すご》い」

思わず箸を落として、両手で両頰《ほお》を摑んだ。

「蕩《とろ》ける鮪と一緒に、ここのところが落ちちまいそうに美味い」

「この後、神無月魚もやってみてくれ」

季蔵は平目の昆布〆も勧めた。

「それなら試しに食べてるし、これの後じゃ、平目が気の毒だよ」

「まあ、いいから」

促されて箸を取った三吉は、

「あああ――」

とうとうへたり込んでしまい、

「ほんとにこの平目の昆布〆、さっき試しに食べたのと同じもの？」

大きく首をかしげた。

「鮪の昆布〆は強い、がつんとくる美味さだが、平目の方は柔らかくて深みのある、骨抜きにされそうな美味さのはずだ。ここまで平目の旨味が深く感じられるのは、美味さの質が違う、鮪の方を先に食べたからだ」

この後、季蔵は青物、蒟蒻、豆腐を使った昆布〆をそれぞれ、皿に盛りつけて自分も箸を取った。

「前に幾つか青物を昆布で〆たことがあったが、ここまで種類多く試したのは初めてだ」

蕪と大根、蓮の白、人参の赤、小松菜の緑が皿の上で映えている。

「お嬢さんがここにいれば、〝重箱に盛りつけた様はまさに素敵な秋ね〟なんて言うんだろうな」

三吉がくすっと笑った。

「青物はわりにしっかり味をつけたから、このままか、炒り胡麻を振って食べたい」

炒り胡麻を薬味に使って、銀杏の形の大根を摘《つま》んだ季蔵は、

「ん」

満足そうに頷き、

「おいら、鮪や平目を食べた後だから、これでいいや。美味いよ」

三吉は何もつけずにぱりぱりといい音をさせた。

前もって季蔵は蒟蒻の昆布〆用にと、醬油に酒、輪切りに刻んだ唐辛子《とうがらし》を煮詰めて拵え

たタレを用意してある。

「タレの辛さがいいっ」

三吉は叫び、

「へえ？　辛いのは苦手だったんじゃないのか？」

「おいら、昆布の甘みってこうなんだって、初めて分かったよ。昆布の甘みとタレの辛さがいい塩梅なんだね」

「そうか、よかった」

「ちょっと訊いていい？」

「ああ」

「この昆布〆蒟蒻、〆る前より痩せちゃったような気がするんだけど」

「蒟蒻は昆布で〆ると小さくなるのではないかと思ってはいた」

「それで刺身蒟蒻より厚めに切れって言ったんだね」

「まあ、そうだ」

「その分、昆布の旨味がいっぱいになってるってことだよね」

「そうだな」

「だったら、これ、食べ頃より少し長めに昆布の中で寝かせて、焼いて食べたら美味しいかも。煎餅《せんべい》みたいに刷毛《はけ》でこのタレ塗ってはひっくり返し、塗ってはひっくり返しをやって――」

煎餅も菓子のうちなので、菓子好きの三吉の目は輝き、

「そいつはおまえが拵えて、わたしに食べさせてくれ」

苦笑した季蔵の目は変わらず温かい。

最後の豆腐の昆布〆には、裏漉《うらご》しした梅干しと胡椒《こしょう》が添えられた。

「醤油とか、生姜、微塵《みじん》に切った葱《ねぎ》じゃないの？」

意外そうな三吉に、

「それじゃ、冷や奴《やっこ》か湯豆腐じゃないか」

季蔵は吹き出した。

「そういや、そうだけど」

「まずは何もつけずに食べてみよう」

二人は各々の箸を豆腐の昆布〆に伸ばした。

「ああ、やはり――」

季蔵が頷くと、

「これ、今までで一番味が濃いよ」

三吉は呆気《あっけ》にとられて、

「昆布も水に浸したのを使ったのに、どういうこと？」

「濃い味は昆布の味だったろう？」

「うん」

「豆腐が一番、昆布の旨味を吸いやすいということだろうと思う」

この後、梅と胡椒の薬味が使われた。

「たしかに、これには醤油のタレも、生姜とか葱のくどくどした薬味も要らないよね。昆布の甘みが、さっきの蒟蒻よりもっと濃いもん。こいつも蒟蒻みたいに焼いて、梅と胡椒で味付けたら美味いだろうな。団子みたいに串《くし》にさせば、変わり豆腐田楽」

「うちで蒟蒻煎餅を振る舞うのは無理だが、変わり豆腐田楽なら店の品書きに加えられる。是非、作ってみてくれ」

「本気にしていい？」

三吉の目がさらにまた輝きを増した。

「もちろん」

こうして、さまざまな昆布〆の試食が終わると、

「川勝亭まで行ってくる」

季蔵は中身の詰まった重箱を手にして下平右衛門《へいえもん》町へと向かった。

東西の粋人や富裕層、上級武士たちの社交の場としても使われている川勝亭は、すべての客たちが発《た》った後で、玄関に立っているのは下足番の老爺《ろうや》一人であった。

季蔵は名乗って、

「女将さんにお会いしたいのですが――」

「少しお待ちになってください」

老爺は皺《しわ》深い顔に愛想笑いを浮かべると、奥へと入っていった。

ほどなく、くるりとつぶらな目が印象的な娘が走って出てきた。

小柄なのでやや幼く見えるが、娘盛りである証《あかし》に、茶の子持ち格子柄の着物を歩くと脹《ふく》ら脛《はぎ》が見えるよう、粋《いき》に着付けている。

市中ではよくみかける、元気でお洒落《しゃれ》で好奇心旺盛《おうせい》な娘たち、おちゃっぴい好みの形《なり》であった。

「お願いっ、連れてって」

娘はいきなり季蔵の腕にしがみついてきた。

五

「瑞恵《みずえ》お嬢様」

後ろには三十歳ほどの奉公人が顔を顰《しか》めて控えている。

「おっかさん、おっかさんのところへ連れてって、お願いよ」

さらに瑞恵は季蔵を摑む手に力を込めた。

「その方は木原店《きはらだな》の一膳飯屋《いちぜんめしや》塩梅屋のご主人で、女将さんに会いにおいでになったのです。塩梅屋さんの名は、毎年、今時分、お作りになる熟柿《ずくし》のお話で、おみえになるお客様方の口に上ることが多いのでよく存じています」

蒼白《そうはく》に近い顔色の奉公人は、そう言って瑞恵を窘《たしな》めると、

「ご挨拶《あいさつ》が遅れました。大番頭の六助《ろくすけ》と申します。おいでになったのは、熟柿のことでしょうか？　誠にあいすみません、女将は今、留守でございまして」

季蔵に向けて深々と頭を下げた。

――大番頭にしては若い――

「お訪ねした理由は、熟柿のことではないのです。ところで、何かご心配なことでもおありなのでしょうか？」

季蔵は瑞恵の手をゆっくりと優しく自分の腕から離すと、今にも泣き出しそうな顔の瑞恵に話しかけた。

「何もございません」

固い表情の六助が瑞恵に代わって応えた。

「わたしはここの女将さんから、亡くなったお知り合いのことで頼まれ事をしています。お役に立てるかもしれません」

季蔵は瑞恵を見つめている。

「その知り合いって、もしかして清美さんのことじゃ？」

瑞恵の言葉に、季蔵は頷いた。

「瑞恵お嬢様」

「六助」

二人は目と目で頷き合うと、

「どうぞ、こちらへ」

やっと季蔵は奥の座敷へと案内を受けた。

茶が運ばれてきて障子が閉められると、

「信心深い母は、近くの権米稲荷《ごんべいいなり》に毎朝お参りに行ってるんですけど、今日に限って、こんな時間になっても戻ってこないのです。そのうえ、こんなものが店先に――」

瑞恵は胸元から文を出して季蔵に手渡した。

文には以下のようにあった。


女将のお舟を預かっている。

清美や源七のような目に遭わせたくなければ三百両用意せよ。

追って、指示を待て。

断るまでもないが、お上に報《しら》せても女将の命はない。

神隠し屋

「なるほど、それでわたしがこの神隠し屋の使いの者だと、思われたわけですね」

「あたし、てっきり神隠し屋の手下だと――、すみません」

瑞恵は項垂《うなだ》れた。

「女将さんはおっしゃいませんでしたが、清美さんが遺《のこ》した百合根や山百合の花をここへ届けてくだすったのはあなた様だったのでは？」

六助が訊いてきた。

「その通りです。わたしも清美さんの作る百合根をよくもとめていて、清美さんからこちらの女将さんのことを伺っていました。いわば、清美さんの百合根つながりです。そんな事情でしたので、清美さんがいなくなったと聞いて念のため、滝野川の畑を訪ねて、山百合の花と共に見つけたのです」

――お奉行様を通じての命だとは言えない――

「おっかさんが清美さんと一緒にうちの大徳寺に葬った、御亭主の源七さんも知ってるんですか？」

顔を上げて訊いてきた瑞恵の表情は憮然《ぶぜん》としている。

「ええ」

季蔵は繰り返された夫婦喧嘩《げんか》の話をした。

「それでは可愛さ余って憎さ百倍、遊び暮らしている人でなしの源七が、小町売りを兼ねて百合根商いを続けている清美さんを殺して、自害したという世間の話に嘘《うそ》偽りはないんですね」

六助が季蔵に相づちを求めようとすると、

「そのあたりから、おっかさん、おかしいのよ」

瑞恵が割って入って、

「おっかさんたら、清美さんの小町売りなんて根も葉もない噂《うわさ》だって言い切って、清美さんは源七さん一筋だったたって言い通してたんだもの。庭に長く咲かせてた山百合の穢《けが》れのない白さは、清美さんと源七さんの幸福の色だって。そんなの、とても信じられないわ。どうかしちゃったのよ、おっかさん」

「女将さんと清美さんは百合根だけでつながっていたようには到底思えません。姉妹のようだともおっしゃっていたんですから。そこまで思い入れるには、何か理由《わけ》があるのではありませんか？」

「おっかさんは両親《ふたおや》を流行病《はやりやまい》で呆気なく亡くしてるんです。その時、おっかさんはまだ十五歳で、それからずっと一人でこの川勝亭を切り盛りしてきました。清美さんという人も孤児で、似た生い立ちだったたって聞いてます。でも、おっかさんには跡を継げる川勝亭があったんだし、そもそも、あたしって娘がいるのに、いつでも、清美さん、清美さんでうんざり。殺された人たちには悪いけど、どうして、あの夫婦の亡骸《なきがら》をうちの菩提寺で弔わなくてはならないの？　あたし、おっかさんの気持ちなんてわからない、わかりたくない」

瑞恵は唇を尖《とが》らせた。

「失礼ですが、女将さんの御亭主、つまりお嬢さんのお父様は？」

「十三年前に家を出たきりです。おとっつぁんは絵師で、ある日、熱海《あたみ》まで行ってくると言い残して、旅に出て以来、文一つ来ません。あたしはまだ三つでおとっつぁんの顔はほぼんやりとしか覚えていませんが、抱きしめてもらった時のぬくもりが温かかったことだけは確かです。それから、おとっつぁんとおっかさんがよく言い争っていた声も――。今のおっかさんなら、相手が誰であっても声を荒らげたりはしないでしょうけど――。二人は仲が悪く、おとっつぁんはおっかさんに愛想を尽かしたのかもしれません」

「どんな理由にせよ、御亭主をなくしてしまった女将さんは、清美さんと源七さんの夫婦仲を案じてはいませんでしたか？」

「やっと源七さんという家族が出来たんだから、清美さんには幸せになってもらいたいと話していました。耳にタコができるほど、始終――これもうんざりで――」

「源七さんは女将さんの厚意に甘えていたのでは？」

「ええ。おっかさんは源七さんが来るたびにお金を渡していました。でも、それを知った清美さんは、ぱったりと来なくなったんです」

「女将さんはさぞかし案じられたはずです」

「それはもう。でも、おっかさんが、あんな亭主だった源七さんとの間に清美さんが山百合のような清らかな想いを育てていたなんて言ってたのだけは得心がいきません。おっかさんは自分が山百合を好きで、咲く限りはずっと清美さんに頼んで届けてもらってたもんだから、そんな風に思い違いしてるんですよ。そうでなきゃ、美人なだけじゃなく、頭もよくて、目から鼻へ抜けてるおっかさんが思い違うわけなんてないんです。だから、きっと清美さんは源七さんに――ああ、でも――」

瑞恵は突然、頭を抱えて、

「神隠し屋は、お金を都合しなければ、母を清美さんや源七さんのような目に遭わすと書いてる。どうして？　清美さんは源七さんに殺されたんじゃなかったの？　源七さんだって自害だったんじゃ――」

応えを求めるかのように季蔵を見た。

「この文は清美さん夫婦を手に掛けたのは自分だと言い切っています。わたしはこれはただの間に合わせの脅しではなく、本気だと思います」

「そうなると、女将さんがあの二人に関わって、何か重要な事実を知っているとでも？」

ますます青ざめた六助は身を震わせた。

「充分、あり得ることですが、そのための口封じなら、こうしてお金まで出せと言ってくるでしょうか？　そもそも、貧しい清美さんや源七さんは、お金が出せないから殺されたのではないはずです。この脅しの文はどこかちぐはぐです」

季蔵は率直な考えを口にした。

「お金を出せと言われているだけで、母はもうとっくに殺されてしまっているかもしれません。ああ、そんなことになってしまっていたら――」

身を震わせて泣き崩れた瑞恵に、

「そんな弱気でどうなさるんです。女将さんはきっと生きておいでです、きっと」

六助はその肩を抱き起こして、強い口調で叱《しか》るように励ました。

「女将さんがお参りなさっていたという稲荷は近くですね。是非、見ておきたいので教えてください」

季蔵は一度、川勝亭の外へ出ると稲荷まで歩いた。

鄙《ひな》びた佇まいの川勝亭の付近は人気があまりない。

——朝ならば、まず、掠《さら》われるのを見た者はいないだろう——

季蔵は狐《きつね》の石像に迎えられて稲荷の中へと入った。

——おや——

襤褸《ぼろ》に近い着物の若い男が賽銭《さいせん》箱に向けて、工夫した短めの釣り竿《ざお》を垂れている。

「訊きたいことがある」

振り向いた相手の顔に怯《おび》えが走った。

「お、俺は、な、何も——」

あわてて賽銭を盗むための釣り竿を後ろに隠した。

間髪を容《い》れず季蔵は訊いた。

「朝から居たのか？」

「出入りの多いここの朝はかき入れ時だ」

「賽銭の代わりに」

季蔵は相手に素早く小粒を握らせると、お舟の様子を伝えて、見なかったかと畳みかけた。

「その女《ひと》なら知ってる」

若い男は蓬髪《ほうはつ》を指でかき回しながら、少々、悲しげな表情になった。

六

「俺の名は小吉《こきち》。訊いているのは近くにある旅籠《はたご》の女将さんのことだろ。会ったことあるよ。たいていの人はこんな形なんで、逃げちまうんだが、女将さんは違ってた。俺、呼び止められたんだ。そして、どうして、賽銭泥棒なんてしてるのかとか、俺の話を聞いてくれたた。俺はこれでも元は大店《おおだな》に奉公してたこともあったんだ。盗みの濡《ぬ》れ衣《ぎぬ》を着せられて、店を飛び出してからは、もうどうにでもなれって気持ちになってしまったけど。そのうちにもう恥も外聞もなくなって、ぶらぶらの毎日だった。女将さんは、〝こうして、あたしと会った日だけはお賽銭に手をつけるのは止《や》めてね。それから、心を入れ替えて働く気になったら、いつでも川勝亭にいらっしゃい。あたしを気の置けない友達だと思ってちょうだい〟って言ってくれて、一朱金を渡してくれた。女将さんは思いやりのある優しい女だよ。だから、さっき、襲われた女将さんを、ほんとは助けたかったんだけど、気がついてみたら、銀杏の木の陰に隠れて震えながら見てた。俺ってとことん駄目な奴なんだ」

小吉はがっくりと肩を落として項垂れた。

「襲った奴の顔は見たのか？」

季蔵は息を詰めた。

「人並み外れた大きな図体の奴だったよ。思わず俺はすくんじまった。坊主頭の丸顔でどんぐりまなこだった」

「他に気がついたことは？」

「女将さんを尾行《つけ》てきてて、ここに来てすぐ当て身を食らわせて、ひょいと担ぎ上げたんだけど、顔はずっと能面みたいだったよ」

「今わたしに言ったことを役人に話してくれないか？」

――これだけ、はっきり覚えていれば、すぐに手配の画《え》が作れるだろう――

「お役人なんて‼」

小吉は一歩踏み出して逃げかけた。

「心優しい女将さんを助けたいんじゃないのか？　それに、今ならまだ間に合うかもしれない。いや、絶対助けられる」

季蔵は大声を出した。

「助けたいさ、助けたいに決まってる」

小吉も負けずに怒鳴った。

「だったら役人のところへ行ってくれ」

「だけど――」

小吉は上目遣いに季蔵を見た。

「いったい誰が、賽銭泥棒のことを詮議《せんぎ》するというんだ？」

季蔵は察した。

「それじゃ、あんたは誰にも――」

「誰にも言う気はない」

「それでも、俺はこんな形だし――」

「今、わたしが文を書く。これさえ持参すれば、物乞《ご》いと間違われて追い払われることなどない」

季蔵は懐紙に烏谷への言伝《ことづて》を書き記した。


川勝亭の女将が掠われました。

下手人は清美、源七を手に掛けたと明言していて、身代金を出せと言ってきています。

奉行所に届ければ女将の命はないと脅してもいるので、まだ、川勝亭では届けてはいません。

お嬢さんが大変案じています。

これを持参する小吉という者が、稲荷で女将が掠われるところを見ています。

絵師に下手人の画を描かせて、一刻も早く、女将探しを始めていただきたいと思います。

わたしは川勝亭にて、下手人の沙汰《さた》を待ちます。

季蔵

烏谷椋十郎《りょうじゅうろう》様

「北町奉行所へ走ってくれ。ことは急を要する。わたしはおまえを信じて川勝亭で待っている、いいな」

「わかったよ。だから、これは返しておく」

小吉は季蔵に小粒を握らせると、八丁堀に向かって走り出した。

小吉を見送った季蔵は川勝亭に引き返した。

「何だ、あなただったの――」

物音を聞きつけて走ってきた瑞恵が嘆息した。

「神隠し屋からの沙汰は？」

「ございません」

六助も駆け付けてきた。

「奉行所へは報せないのですか？」

「まさか」

瑞恵は思い切り首を横に振り、

「ええ、まあ」

六助はどうしたものかという目色になって、

「しかし、お嬢様、もうそろそろ、お客様方がお着きになる頃でございますよ。報せるならば、今日はお客様をお断りしなければなりませんし――そうですよね?」

季蔵に相づちをもとめた。

「報せては駄目。そんなことをしたら、おっかさんの身に――。お客様にはいつものように泊まっていただきます。いいわね」

瑞恵が言い切ると、

「それではお嬢様が女将さんの代わりをなさってください。それでは、どうか、お支度を――その形では女将は務まりません」

六助が促した。

烏谷椋十郎が川勝亭に姿を現したのは、それから一刻(約二時間)ほど過ぎ、秋の陽《ひ》が釣瓶《つるべ》落としのようにすとんと落ちて、夕闇《ゆうやみ》に包まれてから、しばらく過ぎた頃であった。

季蔵は川勝亭の座敷にいながらも厨《くりや》に指示を出していた。

「お嬢様がとても困っておいでです。料理人である塩梅屋さんに何とか、お願いできないでしょうか。この通りです」

六助が畳に這《は》いつくばったからである。

すでに持参した魚、青物、蒟蒻、豆腐の昆布〆は、先付けとして、訪れた客たちの胃の腑《ふ》に納まってしまっていた。

「おっかさんがその日の献立を決めるのは、毎朝、稲荷詣《もう》でから戻ってお茶を飲む時なんです。だから、今日はまだでした。何も決まってなかったのに――。それに、遠方からもおいでのうちのお客様方は、並の食通じゃあないから、献立が大変だってわかってたのに――。だから、塩梅屋さんが持ってきてくださった、いろんなものの昆布〆がどんなに有り難かったか――。こういうの、きっと渡りに船っていうのよね。皆さん、そりゃあ、珍しがってわいわい言いながら、お箸を楽しく動かされてました。本当にありがとうございました」

女将らしく、髪も大島田に結い直して、松葉色の大島紬《つむぎ》に着替えた瑞恵は、季蔵に向かって何度も頭を下げた。

だが、切り抜けられたのはここまでで、

「どうしましょう？　平目五尾と別に丼《どんぶり》一杯のえんがわが届けられてきてしまってる。ここのお客さんたちもおっかさんも、とにかく天の邪鬼でしょ、だから、今年の神無月は恵比須魚の鯛を外して、鯛以外の美味しい魚料理をってことになってたんですって。それで今日は平目。うちの腕のいい板前は、おっかさんの言う通りに、料理を拵えることになってるんです。だから、何か考えないと――」

続いて狼狽《うろた》える瑞恵に、

「実は塩梅屋では、平目を神無月魚に見立てて品書きを作っていたところでした」

季蔵が応えると、

「それでは早速、お願いします」

六助がすぐに紙と硯《すずり》箱を持ってきた。

「えんがわが沢山、手に入ったのは素晴らしいことです」

えんがわとは平目の上下にある鰭《ひれ》の付け根の部分の筋肉で、脂が乗って味わい深くこりこりと美味である。

家の縁側に似た場所と形から名付けられた。

大きな一尾から、太い紐《ひも》のようなえんがわが四枚しかとれず、貴重な食材である。

「女将さんはこのところ平目が大漁とあって、お客様方に、珍しい平目のえんがわを堪能《たんのう》してもらおうと思われていたような気もします」

確信した季蔵は、

——今頃、自分が献立できないことを悔しく思っていてほしい、生きていてほしい——

切に無事を願いつつ、えんがわ尽くしの献立を書いて渡した。

えんがわ尽くし
お造り　平目のえんがわ
焼き物　平目のえんがわの炙《あぶ》り塩焼き
煮物　平目のえんがわ付き
飯物　平目のえんがわ飯
汁物　　えんがわ汁

瑞恵は季蔵が書いた献立を別の紙に書き写すと、

「板前さんに渡すこの献立は、おっかさんがあたしに言い置いたことにしたいんです。急用で一晩留守にする時でも、おっかさんは大事な献立を決めないような人じゃなかったんで。おっかさんの身に起こったことは、ここではまだ六助の他には誰も知りません。知らせたくないんです。塩梅屋さんも早々に裏から帰ったことにしてあります。なので、献立について、何か板前さんに伝えることがあったらあたしが――」

張り詰めた様子で季蔵の顔を見守った。

「とにかく、えんがわを満足できるほど味わっていただきます。また、炙り塩焼きにしたえんがわは、刺身のえんがわよりも美味かもしれません」

ここで一度、季蔵は言葉を切った。

瑞恵が必死に自分の手控え帖《ちょう》を使い始めたからである。

「えんがわの揚げ物は？」

瑞恵が訊いてきた。

「えんがわは、どんな風に料理しても美味いというわけではないのです。えんがわだけを揚げ物にすると、べたっとした仕上がりになり、やや脂が強すぎると感じるはずです。えんがわは揚げ物に不向きです。煮物の切り身にはえんがわを是非つけたままに。煮汁に溶け出した脂が醬油や味醂、酒、砂糖と混ざって、煮物がコクのある味になりますから」

　さらに一呼吸おいて、

「最後の飯と汁です。えんがわ飯はえんがわと醬油、酒、生姜汁を飯と一緒に炊き込んで作ります。えんがわの脂のせいで、炊きあがりの飯がぱらっとしていて、何とも、珍しい食味の炊き込み飯です。えんがわ汁は切り身を取った後の残りの平目をぶつ切りにして、出汁に入れ、仕上げにさっと湯通ししたえんがわを浮かべます」

　助言を終えた。

「ありがとうございました」

　瑞恵が厨へと走ると、

「美味そうな話を聞いたぞ」

　縁先に烏谷がぬっと現れて立った。

七

「お待ちしておりました」

　季蔵は烏谷に頭を垂れた。

「沙汰はあったか？」

　烏谷は口を真一文字に引き結んで訊き、季蔵は大きく首を横に振った。

「そうか――」

　烏谷はふっと眉のあたりを曇らせたが、

「小吉なる者はわしの顔を指さして、〝拐《かどわ》かしの下手人に似ている、似ている〟と大騒ぎした。それで画を描かせる手間が省けて、〝わしのこの顔に似たごろつきを探せ〟と命じたところ、一時は人足寄場に居たという太三《たいぞう》という奴に行き着いた。川越の蒲団《ふとん》屋の倅《せがれ》で、力自慢だけが取り柄の怒るとすぐに手が出る、足が出るの男ゆえ、とっくに親に勘当されて、いつしか無頼の徒となっていたようだ。ちと遅くなったが、市中にこの太三の手配を済ませた。今、奉行所の者たちが不眠不休覚悟で市中を探している」

強い語調で言い放った。

「ありがとうございました」

礼を言ったところへ、

「塩梅屋さん――」

瑞恵が障子の向こう側から声をかけた。

「お嬢さんですね、あれでは、わかりにくかったでしょうか？」

料理のことだと思っていると、

「さっき、教えてもらったことは残らず板前さんに伝えたわ。だから、あれはもう大丈夫。そうじゃないんです。料理が何とかなってほっとしたら、急にまた、おっかさんのことが気になって、気になって。だって、こんなに暗くなってるのに、まだ何の音沙汰もないんですもん。あたし、もう、心配で心配で――」

瑞恵は障子を開けて烏谷と顔を合わせた。

「お奉行様、どうして――」

　瑞恵の声が震えた。

「塩梅屋さんが報せたのね」

「はい」

「余計なことを――」

「そうではないだろう」

　烏谷は話に分け入った。

「先ほど、どれほど母御のことを案じているか、この耳でしかと聞いたぞ。常は〝器量も頭も商才も揃っていて、その上、人情に厚い出来すぎのおっかさんの娘は辛《つら》い、辛い。いっそ、あたしもおっかさんみたいに両親に早く死なれればよかった〟などと、親不孝な雑言を言いふらしていたのと同じ娘とは思えぬな」

「それはあんまりおっかさんが眩《まぶ》しくて、甘えて愚かなことを言っていただけで――。あ、でもあたしがあんなことを言ってたからおっかさんは――ああ、どうしよう」

　瑞恵は両手を顔に当てた。

「大丈夫だ」

　烏谷は笑顔を向けて、

「ここの女将はおまえのおっかさんであるだけではなく、北町奉行であるわしの切っても切れない良き友だ。市中をくまなく探させているゆえ、朝までにはきっと見つかる。安心していい」

快活な物言いをした。

「ほんとですね」

「ほんとうだ。だから、おまえは戻ってきたおっかさんに胸が張れるよう、しっかり、女将の代わりを務めよ」

烏谷に励まされた瑞恵は、

「わかりました。どうか、よろしくお願いします」

唇を嚙みしめ、涙を堪《こら》えて座敷から下がった。

──大した役者だ──

いつものことながら、季蔵は呆《あき》れつつ、舌を巻いた。

「そち、もし、お舟が骸で見つかるようなことがあったら、どうするつもりだろうと思っているのではないか？」

烏谷は鋭い。

季蔵は頷いて、

「その時は、また励まされるのでしょうが──」

知らずと首をかしげていた。

「その通り。そちのような生真面目《きまじめ》な苦労性にはできぬ芸当だが、今、この時を、くよくよせずに過ごさせるに越したことはあるまい」

烏谷は断じ、

「先ほど料理の指南をしている様子であったが、そち、腹は空かぬか？」

懐から、握り飯の包みを取り出して広げた。

——そういえば——

季蔵の腹の虫が小さく鳴いた。

「お舟が掠われたと聞いて、今日は川勝亭は休むかもしれないと思った。だが、あの娘の気性からして、変事を隠すためにあえて客を泊まらせるかもしれないとも思った。どっちに転んでも、まず美味い飯にはありつけない。そう覚悟して用意してきたのだ。見かねたそちが料理を拵えるのではないかとも思った。だが、普段、遊び歩いている娘にとっては、慣れぬ女将の役目を果たすので精一杯だろう。我らにまで気遣いしてくれるとは到底思えなかった」

烏谷はふとため息をついて、

「煮売り屋でもとめたものゆえ、味は今一つだろうが、腹の足しにはなる。そちも一つ食うてみよ。食い物は気を紛らわせてくれる」

「ありがとうございます」

季蔵は竹皮の上の醬油色の握り飯に手を伸ばした。

「五目ご飯の握り飯ですね」

「ここのは人参、干し椎茸《しいたけ》、蒟蒻、青葱の他に鶏《とり》が入っている。これがいい」

「お奉行様は鶏がお好きですね。うちの三吉も鶏好きです」

――たしかに、このような心落ち着かぬ時は、食べ物の話のつれづれがよいのかもしれない――

「いつも馳走《ちそう》になっているゆえ、そのうちに、鶏一羽を届けさせると三吉に伝えてくれ」

「そういたします。茶碗《ちゃわん》蒸しは百合根の代わりに鶏だと言っていた三吉のことですから、さぞかし喜ぶことでしょう。それから先ほど申し忘れました。この握り飯の五目ご飯は、具を一度胡麻油で炒《いた》めています。今一つではないよい味です」

「なるほど、なるほど」

頷いた烏谷は七つあった残りを残さず平らげると、

「ちょうどいい腹加減だ。寝るぞ。報せはここに来るようにしてある。報せが来たら、起こしてくれ」

畳にごろりと横になり、右腕を枕に鼾《いびき》をかきはじめた。

奉行所の小者《こもの》が縁先に立ったのは、空が白み、ようやく、夜が明け始めた頃であった。うとうとと座ったまま、まどろんでいた季蔵がはっと気がつくと、烏谷がむっくりと起き上がっていた。

「報せに参りました」

相手は直立不動である。

「申せ」

「骸は近くの権米稲荷より西に入った林の中です」

「わかった、ご苦労。案内せよ」

さすがに顔を顰めた烏谷は縁先で脱いだ草履を履き、季蔵は足音を忍ばせて玄関まで歩くと、下足箱にしまわれている自分の下駄《げた》を探した。

二人は無言で小者の後についていった。

まだあたりは薄暗い。

林の木々は、ほぼ葉が落ちきっていて、黒々とした枝が蜘蛛《くも》の巣のように見えた。

地面を埋め尽くしている木の葉が、時折、ひらり、ひらりと風に舞っている。

何とも殺伐とした様子の中を歩いていく。

遠方の蜘蛛の巣の中に人影が見えた。

──吊《つる》されて殺されたとは──

季蔵は何ともたまらない気持ちになった。

──あの瑞恵さんにだけは見せたくない。母親のこんな姿を目にしたら、どんなにか、心が傷つくことか──

いきなり、空の白さが広がって、人影がはっきりと見えた。

──違う──

蜘蛛の巣に囚《とら》われた虫のように、大きな欅《けやき》の木からぶらさがっているのは男だった。

巨体で顔が丸く、首を括《くく》られた時にかっと見開いた目は怖いほど大きい。

――太三だ――

「これは殺しだ。急ぎ、番屋へ報せて詮議の同心たちを呼べ」

烏谷は小者に命じて走らせると、

「自分に似た男の骸を見るのは嫌なものだが――」

ほっと安堵のため息をついた。

この時である。

「見つかったぞ」

「生きてるぞ」

「よかった」

「大丈夫か？」

大きな声がどよめくように谺《こだま》して聞こえた。

「あっちだ」

烏谷は声がする方向へと走り、季蔵もそれに続いた。

声は近かった。

林を抜けた場所に、廃屋が一軒建っている。

「これはお奉行様」

廃屋の前に控えていた捕り方たちが、いっせいにかしこまった。

第三話　まかない鶏

一

縛《いまし》めていた縄が解かれ、手拭《てぬぐ》いの猿ぐつわを外された後、乱れた髪を直していた廃屋の中のお舟《ふね》は、

「あああ」

烏谷《からすだに》の顔を見て叫び声を上げ、恐怖で顔を引き攣《つ》らせた。

「間違うでない、わしだ、わしだ」

烏谷はにこにこと笑って見せた。

「とんだご無礼をすみません、お奉行様を間違うなんて――わたしとしたことが――」

気がついたお舟はかしこまって頭《こうべ》を垂れた。

「気にするでない。無理もなかろう、そちを掠《さら》った奴はわしによく似ていたと聞いている」

烏谷はわははと笑い飛ばし、

「話を訊《き》かせてくれるな？」

宥《なだ》めるように言った。

「川勝亭《かわかってい》で休んでからでよいぞ」

烏谷は手を貸して、座っているお舟を立たせようとしたが、娘の瑞恵《みずえ》が店をやっている
と知ったお舟は、

「ちょうど今頃は早発《だ》ちのお客様を見送る時なので、ここではいけませんか？」

季蔵《としぞう》の方を見て首をかしげた。

「どこかでお目にかかったことがあるような――」

「番屋です。清美《きよみ》さんの骸《むくろ》をあなたが引き取りたいと、おっしゃってきた時、居合わせて
いました。申し遅れましたが、塩梅屋《あんばいや》季蔵と言います」

季蔵は烏谷の後ろに座って頭を垂れた。

「清美ちゃんの百合根《ゆりね》や山百合の花を届けてくれた方ですね」

「はい」

「お世話をおかけしました」

「とんでもありません」

こほんと烏谷が一つ咳《せき》をこぼしたので、あえて四季の百合根菓子の礼は口にしなかった。

――今はそれどころではない――

「川勝亭まで、女将《おかみ》の身が守られた、目立った怪我《けが》もないと伝えに走らせた」

烏谷は土に汚れているお舟の着物の全身や、手足の擦り傷を見つめた。

「ここは住む者のない廃屋。襲われた経緯《いきさつ》は見ていた者に聞いたが、探していた者たちが、どうして、このようなところに囚《とら》われているそちに気がついたのか――」

「稲荷《いなり》で襲われ、手足を縛られてここに閉じ込められていました。昨日の夕方、賊が出て行って一人になった時、あたしがここにいることを何とか外に報《しら》せられないものかと考え、羽目板の隙間《すきま》から外を見ました。見慣れている林が見えて、ここは近くなのだと思った時はうれしかったです」

お舟はそこでふーっと大きなため息をついた。

「でも、こんなに近くではかえって、まさかこんなところにはと思われて、探してもらえないかもしれないと不安にもなったんです。何とかして、自分から、ここに居ると報せなければと思ったんです。やり方は思いつきました――」

お舟はやや顔を赤らめた。

「縛られてましたが、這《は》って戸口に近寄り、両足をぴったりと寄せて思い切り板戸を蹴《け》ったんです。賊が帰ってくるのではないかと懸念もしましたが、夜になっても、空が白んできても、戻ってきません。それで、今のやり方で板戸を蹴って音を立て続けたんです。通りかかった奉行所の人たちが、気づいてくれた時はどんなにほっとしたことか――」

ここまで話し終えたところで、さすがに疲れが出たのか、お舟の身体《からだ》がぐらりと揺れて言葉が途切れた。

過度の緊張から解放されて気を失ったのである。

「お舟はわしが送り届ける。なに、あの枝折戸《しおりど》から縁先に入れば、誰にも見咎《とが》められない、大丈夫だ」

烏谷は大きな背中にお舟を背負って廃屋を出て行った。

そろそろ田端《たばた》や松次《まつじ》が骸のある林に着いている頃である。

烏谷を見送って廃屋を出ようとした季蔵は、ぷんと鼻をつく甘辛い匂《にお》いに気がついた。

廃屋の隅に積み上げられた藁《わら》の上に折り詰めが二折重ねられている。そばには竹筒が二筒。

折り詰めの中身は黒砂糖と醬油《しょうゆ》、酒で油揚げを煮含め、米を詰めた黒稲荷で、上の一折は一粒の米粒も残さずに平らげられているが、下の方は手つかずであった。

竹筒はといえば、酒の匂いのする方は空で、もう一方は水がいっぱいに満ちている。

――太三《たいぞう》が用意したものだ。残っているのは到底、飲み食いなどする気分にはなれなかった女将さんの分だろう。女将さんの分があったということは、太三は金さえ手に入れば、女将さんを無事に返すつもりだったのだ――

季蔵は意外な気がした。

――女将さんが入って来たお奉行様を太三と取り違えて怯《おび》えたのは、太三の顔を見ていたからだ。果たして、顔を見られている相手を無事に帰すものだろうか？　太三も被《かぶ》り物でもすれば顔を見せずにすんだものを――

季蔵は何とも、不可解な気持ちのまま、林へと向かった。

「えっ？　どうしてあんたが？」

松次は現れた季蔵に苦い顔をした。

「今度は呼んでねえぜ」

「これには事情がありまして──」

季蔵はえんがわ料理のことで、川勝亭に呼ばれたのだと方便をまず口にして、奇《く》しくも女将の拐《かど》かしに出くわしてしまったのだと話を続けた。

「川勝亭でも塩梅屋のように平目を神無月魚と見立てて、食通の客人たちに振る舞おうと考えていたようです。それでわたしが呼ばれたのですが、女将の姿はなく、大変なことになっていたのです」

「ま、塩梅屋は春に美味《うま》い黒鯛《くろだい》料理で人の口の端に上ったしね。あの目から鼻へ抜けた女将さんなら、塩梅屋に目を付けてても不思議はねえ。だから、それはまあ、いいや。あんたが勝手に首を突っこんだなんて言わねえよ。何より、女将さんが無事で見つかってよかった。こいつの仕業だったが、これで仕舞いになった──」

松次はまだ欅《けやき》の木にぶら下がったままの、太三の骸を見上げた。

田端が枯れ木の間を抜けて近づいてきた。後ろに戸板を運ぶ者たちが続いている。

「旦那《だんな》、これはたぶん、自分で縊《くび》れてますよ。こいつほど背丈がありゃあ、あの枝に届いたでしょうからね」

松次の言葉に、

「たぶんではわからぬ」

田端は顎《あご》をしゃくって骸を木の枝から下ろさせた。

太三が戸板に横たえられた。

「縄の痕《あと》が重なっていて、ひっかき傷がある上、顔が鬱血している。血の点もあるぞ。これでは自分で縊れたとは決めつけられまい」

田端は鋭く観察した。

自分で縊れた骸は首に縄から逃れようとした痕が無く、一挙に締め付ける強い力がかかるため、その顔は蒼白《そうはく》で血の点が見受けられないものである。

「だが、さっきおまえが言った通り、こやつは手を伸ばせば届く枝で縊れている。縊れながら、地べたに足がついてしまい、容易に死ねず、縄を解こうとしたりして、断末魔の苦しみを味わったのかもしれぬ」

田端は松次に向けて頷《うなず》いた。

季蔵は骸から発している、腐った柿《かき》のような酒の匂いが気になっていた。

「実は――」

先ほどお舟が囚われていた小屋で見つけた、酒が入っていたと思われる竹筒の話をして、

「竹筒の酒だけで、ここまで匂うほど酔うものでしょうか？」

疑問を口にした。

「誰かがここへ太三を呼び出しておいて、さらに酒を飲ませたか、眠り薬でも酒に盛って、泥酔させた上で木の枝に吊《つる》したというのか？」

田端は季蔵を見据えた。

「太三は大男ですが、呼び出した奴も、そこそこの背丈ならば、やってのけることはできたと思います」

「ふーむ」

田端は太三がぶらさがっていた欅の木の枝に手を伸ばしてみて、

「その誰かがいるとしたら、そやつはわしぐらいの背丈だろう」

うんと大きく頷いた。

「するってえと、太三は殺されたかもしれなくて、その相手は旦那ぐれえ、背が高いってことですね」

松次は相づちを打ってはみたものの、

「でも、そいつは、いったい、どこの誰なんですかい？」

金壺眼《かなつぼまなこ》を大きく瞠《みは》って、

「どっかに手がかりがねえもんか――」

骸の着物を脱がせて調べ始めた。

胴巻きと財布、古びた守り袋が見つかったが、財布の中身は盗《と》られてはおらず、守り袋は故郷《くに》である川越の神社のものだった。

松次から脱がせた着物を預かって持っていた季蔵は、

「おや——」

片袖《そで》が重いのに気がついて振ってみた。

黒革の煙草《タバコ》入れが転がり出てきて、思わず三人は顔を見合わせた。

二

十日ほど過ぎて、季蔵は改めてお舟を訪ねた。

「おっかさんを助けてくだすってありがとうございました。あの時、塩梅屋さんが来てくれていなかったら——」

出迎えた瑞恵は思い出して声を詰まらせた。

「その後、ご様子はいかがです？」

「もう、すっかり。いつものおっかさんに戻って、憎らしいくらい甲斐甲斐《かいがい》しく働いてます。ただ、稲荷詣《もう》でだけは、さすがにしばらく止《よ》すことにしてもらいました。そしたら、小吉《こきち》さんっていう人がここへ来て、稲荷の木陰で襲われるのを見てたのに、助けられなかった詫《わ》びを言ったんです。おっかさんは、お詫びはいいから、このまま、川勝亭で働きなさいって。小吉さん、今は庭掃除や風呂《ふろ》焚《た》きの下働きをしてるんです。どんだけ、おっかさんが元気を取り戻したか、わかるでしょ？」

たった今、泣きかけていた瑞恵がふふっと明るく笑った。

「なるほど」

「女将さんにお目にかからせていただけるでしょうか？」

「もちろん。どうぞ、こちらへ」

季蔵はお舟を案じて、烏谷と時を過ごしていた縁側のある座敷に通された。

「その節はありがとうございました」

お舟はこれ以上はないと思われる、美しくも折り目正しい辞儀をして、

「あなた様はわたしだけではなく、この川勝亭もお助けくださったのだと、後で娘から聞きました。さまざまな素材を使った昆布〆《こぶじめ》をご持参くだすったそうで。これを先付けに出させていただいて、お客様方に喝采《かっさい》を浴びただけではなく、えんがわ尽くしまでご指南いただけたとは――。とかくお造り一辺倒になりがちな平目のえんがわの料理に、捻《ひね》りを利かせるのはなかなかむずかしいものです。お客様方も大満足で、この何日か、昆布〆とえんがわ料理を堪能《たんのう》して泊まりたいという、市中のお客様が引きも切りません。ただ、どちらもあなた様の腕前を拝借させていただいたものなので、実はどうしたものかと考えあぐねておりました」

困惑した表情になった。

「わたしの料理がお役に立つのなら何よりです。どうぞ、お客様方の舌を楽しませてさしあげてください」

季蔵は大きく頷いた。

「わたしごときの料理が評判になっているのは、この川勝亭で食通の方々の膳《ぜん》に上らせていただいたからです。川勝亭という看板あればこそなのですから」

「重ねてありがとうございます」

「こちらこそ、名人の手による、雛《ひな》道具にも似た百合根菓子をありがとうございました。百合根独特の風味による深みのある甘さが、端正で精緻《せいち》な四季の花々に託されているので、食べてしまうのが惜しいと感じるほどでした」

「お褒めいただいて恐縮です。ただ、これからはもう――」

お舟は目を伏せた。

「百合根を丹精込めて育てていた清美さんが亡くなったからですか？」

「はい。清美ちゃんの百合根に勝るものはないような気がします」

「その清美さんについて話していただきたいのです」

季蔵はお舟を正面から見据えた。

「清美ちゃん殺しの下手人なら、わたしを拐かした太三という男の仕業なのでは？　うちに届けられた文に、清美ちゃんと御亭主の源七《げんしち》さんを手に掛けたと書かれていたそうですから――。でも――」

続けかけて、お舟は息を急に荒らげ、身体を前にのめらせた。

「大丈夫ですか？」

「ええ、でも――」

季蔵が肩に手を置いて介抱すると、

「すみません、太三に襲われて小屋に閉じ込められていた時の一部始終は、あの時、お話ししました。今でも、太三のことを思い出すと胸が苦しくなるんです。早く、忘れたい悪夢なので——」

「わたしが知りたいのは、あなたと清美さんとの関《かか》わりです。お嬢さんから多少は聞いていますが、あなたの口から、生半可ではない深い気持ちを聞きたいと思っています」

季蔵は落ち着きを取り戻して、背筋をしゃんと伸ばしているお舟に微笑《ほほえ》んだ。

「殺された清美ちゃんのお腹《なか》に子が出来ていて、下手人は源七さんかもしれないと報された時は、どれほど、神様の無慈悲を嘆いたかしれません」

お舟は涙を堪《こら》えるためにきつく唇を噛《か》んだ。

「あなたも早くに御両親が亡くなったそうですね」

「ええ」

「御亭主が絵師だったという話はお嬢さんから聞きました」

「両国に花火見物に出かけた時、人波に押されて橋から落ちそうになりかけたあたしを、一人の絵師が助けてくれたんです。すでに両親《ふたおや》はこの世にいず、寂しかったあたしはすぐにこの命の恩人に恋をしました。狭い長屋暮らしを止めて、川勝亭に移《や》ってもらい、思う存分いい画《え》を描いてもらうことにしたんです。名は菊田十江《きくたじっこう》と言いました。あの男《ひと》は、熱海《あたみ》にある極楽寺《ごくらくじ》という寺にある、仏像を描きに行くと言い残してここを出た後、帰ってはきませんでした。もう十三年も前のことです」

「懸命に探されたのでしょうね」

「それはもう必死で――。お金を積んで、人捜し屋に熱海の極楽寺まで行って調べてもらいました。でも、うちの人が泊まった旅籠《はたご》に、荷物を残して出て行ったことがわかっただけでした。どんなに辛抱強く探してもらっても、見つかりませんでした。川勝亭は特別な旅籠です。誰も彼もがお気に召す宿ではありません。川勝亭のもてなしが、高くいただくお代に見合うと思われる方々の数は、実はそう多くはないんです。そんな事情で、貯《たくわ》えていたお金を使い果たし、これ以上は頼めないほどになった時でした、清美ちゃんに出会ったのは――」

「すでに百合根を育てていたのですね」

「長屋の裏庭でね。あたしは清美ちゃんが川に身を投げようとしているところを助けたんです。清美ちゃんが死のうと思った理由は、育てていた百合根を、長屋で出来たただ一人の女友達に捨てられてしまっていたことだと、近所の人から聞きました。清美ちゃんは器量好《よ》しでしたが愛想なしの娘《こ》でしたので、妬《ねた》みを買いがちだったんです。一度ならずも、清美ちゃんは、言い寄ってきていた男たちの許嫁《いいなずけ》だという女たちに、色目を使って他人《ひと》の男を盗っただの、泥棒猫だなどとあしざまに言われていたんです。〝それはまだ、耐えられたけど、伯父さんの思い出の百合根を台無しにされたのはたまらない、こんなに辛《つら》い人の世なら、もう、生きていても仕様がないと思えた〟って言いました。あんな美人なのに男を手玉にとる才がなかったんです」

「それであなたは滝野川村で百合根を育てることを勧めたのですね。暮らし向きがたつ額で買い上げようと決めて――」

「あたしも亭主に出て行かれて以来、独り身です。川勝亭の身代目当てに寄ってくる男は、何人かいましたが、瑞恵の父親の時のような胸のときめきは一切覚えませんでした。ですから、どこか自分と似ている独りぼっちの清美ちゃんには、何とか幸せになってもらいたいとずっと思ってきました。瑞恵はあたしを強い女だと思い込んでいるようですが違います。血を分けた娘でもわかってくれないあたしの寂しさを、清美ちゃんだけはわかってくれていました。いつしか、上質な百合根とそれで拵《こしら》える百合根菓子、時季を外れて長い間届けてもらえる、床の間や玄関口の山百合の花が評判になって、川勝亭は親の代以上に繁盛するようになっていました。あなたは清美ちゃんのところの山百合の花畑をごらんになりましたね？」

「ええ。何か、この世ではないところに居るような気がしました」

「あれは悪態ばかりついて、お金の無心しかしなくなった亭主をはじめ、いつかきっと生まれてくれる子どもと一緒に、山百合の白さと高貴な香りに守られ、浄化されて、幸せになれるんだという、清美ちゃんの希望の光だったのだと思います。清美ちゃんは、〝今では殴る、蹴るの亭主も出会ったばかりの頃は、あたしを幸せにするって言ってくれたのよ〟って、涙ながらに繰り返してました。あの花畑の中に立っていると、きっと誰でも幸せになれる、そんな夢が叶《かな》いそうに思えてくるんです」

「女将さんも同じお気持ちだったのでは？」

「わたしも山百合の花の香りに包まれて、あの花畑を想《おも》うと、出会った頃の亭主との幸せだった一時が思い出されてなりませんでした」

お舟の目は一瞬、そこに山百合の畑が広がっているかのように輝いた。

季蔵もあの花畑を思い浮かべてみた。

瑠璃《るり》と過ごした四季折々の様子が走馬灯のように現れては消える。

──たしかに……。でも──

「とはいえ、人は夢の中にだけ、生きているわけにはいきません」

季蔵は言い切り、

「その通りです」

お舟の目に宿っているのは哀《かな》しみだった。

「源七さんの暴れ方が酷くなり、清美さんに何かあってはいけないと案じていたのでは？」

「何かというのは、清美ちゃんが源七さんに命を取られることですね？」

念を押したお舟は季蔵が頷くのを見て、

「いいえ」

予想に反して大きく首を横に振った。

「たしかに源七さんはろくでなしです。清美ちゃんに小町売りまでやらせて、食い物にしていたと思います。ある時、清美ちゃん夫婦にコケにされたという男が、怒って、ここに押しかけてきたことがあります。同じごろつきでも、舌先三寸の色男だった源七さんと違って、小柄ながら、身のこなしが敏捷《びんしょう》で喧嘩《けんか》の強そうな男でした。買いたくもない百合根を色を付けて買い続け、源七さんに持ちかけられ、清美ちゃんと何度か――。その男は清美ちゃんのことが忘れられず、〝女房を売るような男と別れて所帯を持とう〟と持ちかけたところ、〝あたしの相手は亭主だけだから〟と、にべもなく清美ちゃんに断られ、源七さんの前でも同じように凄《すご》んだところ、怯《ひる》んだ源七さんがあたしの名を告げたという事情でした。その時、あたしは清美ちゃんが何かされるとしたら、この手の男だと思いました。庇《かば》い立てするつもりはありませんが、源七さんは小心者だったんです。人一人、首を絞めて殺して、井戸へ放《ほう》り込むなんて、できる性質《たち》ではありません」

「押しかけてきた男の名は？」

季蔵は鋭く訊いた。

「米沢町にある角兵衛《かくべえ》長屋の重太郎《じゅうたろう》と名乗っていました」

お舟は応《こた》え、

――頭を下げた女将さんは相手に慰謝の金を払ったはずだろうから、太三を使っての拐かしは、金目当ての重太郎の仕業かもしれない。恋の恨みは深いものだろうから、煮え湯を飲まされたと感じている重太郎が、清美さん夫婦を殺したとしてもおかしくはない――

季蔵は靄《もや》ついていたものが晴れるのを感じた。

三

「それではこれで失礼いたします。何かまたお訊《たず》ねしたいことができましたら、伺ってもよろしいですか」

「あたしでお応えできることでしたら何なりと――」

お舟は立ち上がって見送ろうとしたが、廊下に控えていた瑞恵が障子を開けて、

「今、足がふらついて辛そうだったわよ、おっかさん。おっかさんは休んでいて。あたしがお見送りします」

季蔵を玄関口まで送るために、先に立って長い廊下を歩いた。

「いけないと思いましたが、おっかさんとの話は聞いていました。あたし、さっきはああ言いましたけど、おっかさんの元気は空元気。夜、気になって、おっかさんの部屋の様子を窺《うかが》うと、うなされてる声が聞こえるんです。おっかさんはおとっつぁんがいなくなってから、あたしの世話をしながら、よく、この店を繁盛させてきたものだと、今更のように凄いと思いました。おっかさんのこと、疎《うと》ましく思ってたなんて罰当たりですね」

きちんと結い上げた瑞恵の結い髪の襟足が清々《すがすが》しく、きちんと結ばれた帯の背が緊張している。

「いなくなりかけてみて、やっと有り難味がわかったのですね」

「おっかさんが清美さんに厚い情をかけずにはいられなかった気持ちもわかりました。清

美さんがおっかさんの支えになってたこともーー。あたし、娘だってことだけで、おっかさんに甘えすぎてたんです。子どもだったんですね。あたし、心を入れ替えて、これからは清美さんに代わって、おっかさんの支えにならなくちゃーー」

「きっともう、女将さんはあなたの気持ちの変わり様に気づいておいでですよ」

「そうだろうけど、それ、ちょっと癪《しゃく》なのよね」

振り返った笑い顔は一瞬、おきゃんなおちゃっぴい娘を気取っていた時のものだったが、すぐに、

「あら、まあ、わざわざーー」

玄関に立っていた相手に気がつくとぺこりと頭を垂れた。

「銭屋《ぜにや》の手代で余吉《よきち》と申します。旦那様からこれを女将さんにお届けするようにと申しつかりました。染井で今年一番人気の厚物です」

余吉は二人の小僧を伴っていて、門の前に置かれた大八車から次々に、厚物の見事な菊の鉢を運びこんでいた。白、黄色、藤《ふじ》色、橙《だいだい》色と色とりどりである。

厚物の菊とは人気の高い大菊で、鞠《まり》咲きとも称され、特に白い厚物は高貴な女人の顔を想わせた。

「ここに置いたままでよろしいでしょうか」

「ええ、結構です。ありがとうございました」

銭屋の手代と小僧が帰ってしまうと、

「こんなに沢山の厚物菊が玄関口にあってはおかしいかしら？」

瑞恵は無邪気に相談を持ちかけてきたが、

――銭屋助左衛門《すけざえもん》が買って建て直す三軒長屋の井戸に、清美の骸が投げ込まれていたのではなかったか？――

はっと思い当たった季蔵は、

「銭屋の旦那様と女将さんはお親しいのですか？」

訊かずにはいられなかった。

――清美夫婦と銭屋はここの女将を介して関わりがあったのかもしれない――

「ずいぶん前からよくおいでになるお客様よ。あたしなんて、おじさん、おじさんって呼んで、膝《ひざ》に乗せてもらったこともあるみたいだけど、よく覚えてない。今でもおじさんって呼んでる。おじさんはきっとおっかさんのこと好きなんじゃないかしら。おじさん、あの年齢《とし》なのにお内儀さんがいないのよ。死に別れや生き別れじゃなくて、ずーっと」

「女将さんの方はどうなのです？」

「あれだけのお大尽の銭屋さんに、うちの身代を狙《ねら》う気なんてないと思うけど、おっかさんの方はその気ないみたい」

「独り身でいるのはあなたのためでは？」

「あたし、何度もおじさんと一緒になったらって、勧めてきたのよ。あ、でも、今までの勧め方、〝どうせ、あたしのことなんて清美さんほど想ってくれちゃいないんでしょ。だから、あたしも、もう、おっかさんのことどうでもいいのよ〃っていう感じで、捨て鉢で意地悪だったかも。これからはおっかさんの幸せを願ってそうするように言うつもり。それでも、たぶん、おっかさんは承知しないでしょ。ようは今でもいなくなったおとっつぁん一筋なんだと思う」

「清美さん夫婦と銭屋さんが会ったことは？」

「それはないと思う。おっかさん、清美さんたちには親身だったけど、源七さんの性根は知ってたから、お客様にまでは絶対迷惑かけなかったはず」

――たしかにその通りだろう――

「厚物菊は鉢を幾つか、女将さんがご覧になれる場所に置かれてはいかがでしょう？」

季蔵が菊に目を転じると、

「ちょうどいいところにいる」

瑞恵が庭木の世話をしていた小吉を呼び止めると、

「ああ、あの時は――おかげで、俺、今――」

当人はうれしそうに、こざっぱりした縞《しま》木綿のお仕着せの両袖を広げて見せた。

「よかった、これを手伝ってはくれないかしら？」

「もちろん」

二人は笑みを交わしながら、共に裏庭の縁先へ厚物菊の鉢の半分を運んだ。

けられてきていた。

この日、塩梅屋へ戻ると、烏谷から絞めて羽を毟《むし》られたばかりの鶏《とり》一羽が文と一緒に届

川勝亭で約束したものを送る。

巷《ちまた》では神無月魚と称されて、平目がもてはやされていると聞く。

美味いと広めているのは川勝亭の客たちで、平目の身だけではない、鮪《まぐろ》、青物、蒟蒻《こんにゃく》、

豆腐をも昆布〆にして、どれが一番かという、埒《らち》もない食通遊びも流行《はや》りはじめている

そうな――。

また、平目のえんがわを主とする尽くしも人気で、商家では鯛に加えて、これらの料

理もてなしに加え始めているのだとか――。

あの折に耳にしたので、どちらも、そちが川勝亭に伝授したものだとわかっている。

このぶんで行くと、何と平目までも高嶺《たかね》の花になってしまう。

食い物が金にあかした遊興になってしまうのはつまらぬ。

是非、この鶏一羽から、一人でも多くの者たちの空いた胃の腑《ふ》に届く、とびきり美味

くて安い鶏料理の数々を作り上げてみてほしい。

今宵、そちらへ行く。

烏谷

塩梅屋季蔵殿

「わあ、鶏だ、鶏だ」

無邪気に喜んでいた三吉《さんきち》だったが、

「今夜、お奉行様が帰られた後、夜鍋《よなべ》で鶏を切り分ける。今回はおまえが包丁を持つ、いいな」

季蔵に告げられると、

「おいら、鶏の肉は好きだけど、捌《さば》いたことなんてないよ。でも、頑張らなきゃ」

歯を食いしばって武者震いした。

この後、季蔵が八ツ（午後二時頃）を過ぎて、いつものように届けられる大きな平目を下ろしていると、

「お邪魔をします」

長崎屋《ながさきや》五平《ごへい》がすーっと入ってきた。

江戸で一、二を争う廻船《かいせん》問屋の主《あるじ》である五平は、若い頃は噺家《はなしか》を目指して父親に勘当され、二つ目にまで昇進して、松風亭玉輔《しょうふうていたますけ》と名乗って高座に上っていたこともある。

その父親が不慮の死を遂げてからは、店を継ぎ、娘義太夫で鳴らしたおちずに恋い焦がれて妻に迎え、男児、次には女児が生まれ、充実した幸福な暮らしぶりであった。

「しばらくでしたね。まあ、おかけください」

季蔵は茶を勧めた。

「実は、気になってならないことがありまして――」

貫禄《かんろく》が増して柔和に見える五平の目が季蔵の包丁に向けてきらりと光った。

「それは平目ですね」

「はい」

「神無月魚でもある」

「おっしゃる通りです」

「平目と諸々の昆布〆と、えんがわ尽くしが沸いたような人気です」

「そうですか」

「まだ、知らない？　まさか――」

五平は探るような眼差《まなざ》しである。

「ここはただの一膳飯屋ですから」

季蔵はさらりと言ってのけたものの、

――あ、いけない――

紙に書いて壁に貼《は》ってある品書きに相手が気がつかないことを祈った。

うっかり、まだ、平目と諸々の昆布〆と書いた紙を外すのを忘れていたのである。

「御存じのように、わたしは長崎屋の主におさまってからも、噺への未練が断ち切り難く、ずっと噺の会をやり続けています。噺は趣味の上を行く大事なものです。得意なネタは食べ物ですので、意地でも、食べ物の流行《はやり》だけは逃したくありません。そして、わたしは常から、ほんとうに美味くて評判になる料理は、この塩梅屋で産声を上げるものが多いと思っています。市中に名高い幻の熟柿《ずくし》だけではありません」

「有り難いお言葉ですが、買い被りですよ」

季蔵は苦笑した。

「そんなことはありません。実は人を雇って、自分で見張る代わりに、時々、ここで飲み食いしてもらっていたんです。その者はたしかに何日も前にあれを見たと言っています」

五平は壁の〝平目と、鮪、青物、蒟蒻、豆腐各々の昆布〆〟を指さした。

「あれはすぐにでも外すつもりでいたのです」

季蔵は相手の視線を避けて俯《うつむ》いた。

四

「季蔵さん、これは何か理由《わけ》あってのことなんですね？」

「ええ、まあ」

――江戸風流と粋《いき》で、世間に名の知れた川勝亭の今時の料理が、一膳飯屋のを真似《まね》たものとあってはまずい――

「その理由まで聞こうとは思いませんよ。ただ、わたしは諸々の昆布〆でも、えんがわ尽くしでもない、これぞ本命という、神無月魚、平目の料理を馳にしてみたいんです。一流どころを向こうに回して奮戦する一膳飯屋の主の馳をしてみたい」

「たしかに諸々の昆布〆やえんがわ尽くし以外にも、美味《おい》しい平目料理は数多くあります」

「その中で季蔵さんの一押しを是非とも教えてほしい」

五平は噺家だった時の目になった。

「五平さんのところの五太郎《ごたろう》ちゃんは鮎《あゆ》の苦味が苦手でしたね」

「そうそう、いつだったか、苦さが気にならない食べ方を教わった」

「平目はクセのないあっさりした白身の魚です」

「そうはおっしゃるが、風邪《かぜ》など病で寝込んだ時に煮付けて、粥《かゆ》と一緒に食べさせるせいか、あまり好みません。よく乳を飲んで大きくなった妹に比べて、食は男の子にしては細く心配です」

「朝餉《あさげ》が進まない？」

「妹が生まれてからは特に――」

「でしたら、何としても、平目で美味しく朝餉を食べてもらいましょう」

「朝餉に平目ですか？　諸々の昆布〆やえんがわ尽くしとはずいぶんと趣きが違いますが、欲はかきません。どうか、お願いします」

「何日か前に賄いで拵えたものですが――」

「かまいません。かど飯然《しか》りでここの賄いは天下一品ですからね」

五平の目は輝きを増した。

「あと少しで飯が炊きあがります」

三吉が炊けた飯を蒸らしてしゃもじでかき混ぜる間、平目の漬《づ》け玉子丼《どんぶり》の下拵えをはじめた。

「飯の方が片付いたら、あっちを頼むよ」

「へい、承知」

季蔵と三吉は息のあったところを見せている。

漬け玉子丼はまず平目を漬けるタレを、小鍋に醬油、味醂《みりん》、酒、胡麻《ごま》油を一煮立ちさせて作る。

「タレが冷めるのを待って、ここに刺身に切った平目を漬けるのですが、この後、四半刻《しはんとき》（約三十分）は漬け込まなければならないので、その間に平目の漬け茶漬けの下拵えを先にします」

平目の漬け茶漬けの方のタレは醬油と酒だけで作る。これをもやはり一煮立ちさせて冷ましておく。

漬け茶漬けにする刺身は、漬け玉子丼用よりやや大きめに切る。

この刺身をタレに漬け込むのだが、漬け玉子丼ほど長くなくてよい。

「このところ、寒くなってきたのでタレが冷めるのも早いですね」

そう呟《つぶや》いて、季蔵は先に冷めた漬け玉子丼のタレに平目の刺身を漬け込んだ。

「そいつも使うんだね」

身を取った後のアラを洗い、塩を振っておいたものに、熱湯をかけて塩を流し、残った血合いなどを取り除いている三吉に話しかけた。

「こいつを使うのは漬け茶漬けの方です」

三吉はすでに、昆布《こんぶ》が入った大鍋を竈《かまど》にかけていて、沸騰前に昆布を取り出すと、アラを入れ、アクを取りつつ弱火で煮た後、アラを取り出した。

「お願いします」

三吉は季蔵に声を掛けた。

つけダレから漬け茶漬け用の刺身を引き上げ、余分なタレを布巾《ふきん》で拭《ふ》き取っていた季蔵は、アラの出汁《だし》の味見をしてから、

「よしっ」

塩をぱらぱらと振り入れて調味した。

「これでもう、漬け茶漬けの方は仕上がるのですが、先に漬け玉子丼の方を召し上がっていただきたいのです」

季蔵は今少しの間、漬け玉子丼用の刺身が漬け上がるのを待った。

その間に鉢に卵を割り入れてかき混ぜる。

「おや、お得意の煎《い》り酒は使わないんですか？　塩梅屋の玉子かけ飯といえば、梅風味の煎り酒で、玉子に味をつけるのでは？」

五平は首をかしげた。

「理由は食べていただければわかります」

微笑んだ季蔵は、飯茶碗《ぢゃわん》に盛ったご飯に溶いた玉子を回しかけて、玉子ご飯にすると、よく味の染みた漬け玉子丼用の刺身を上に載せた。

「さあ、まずはこのまま召し上がってください」

勧められて箸《はし》を手にした五平は、

「うーむ」

思わず唸《うな》った。

「平目の味が深いのは知っていましたが、玉子までこんなにコクがあって美味かったとは――。あえて、玉子ご飯に味をつけていないからこそ、漬け平目と相俟《あいま》って凄みのある味わいになるんですね」

惜しみ惜しみ箸を動かす五平に、

「次にはこれを足してみてください」

季蔵は梅風味の煎り酒が入った醬油差しを手渡した。

「ええっ？　そんな、勿体《もったい》ない――」

「朝は誰しも舌が鈍くなっています。朝餉にこれを食べてもらうには、多少は味が強くないと――。試してください」

頷いた五平は梅風味の煎り酒を飯茶碗に垂らし、箸でかき混ぜて口に運んだ。

「な、なんだ、これは？」

五平の箸が止まらなくなった。

「ご飯まで味が深くなった――」

五平は一粒残らず平らげ、ふうと大満足のため息をついて、

「これなら倅《せがれ》も喜んで朝餉が進むに違いありません」

「それではそろそろ――」

いよいよ漬け茶漬けである。

飯茶碗にご飯を盛り、その上に、タレをよく切った、やや厚くて大きい刺身を並べ、上からアラ出汁をかけて、炒《い》った白胡麻、小葱《こねぎ》を載せて仕上げる。

「どうぞ」

「平目のアラ出汁が何ともいい匂いだ」

五平はまた箸を取った。

「漬け玉子丼が醤油風味なら、こっちはあっさりとした塩味だが、アラ出汁のせいもあって、平目の旨味《うまみ》が濃厚に感じられる。醤油風味が鼻につくような体調不良な時でも、これなら、さらさらと胃の腑におさまる。酒の後にはこたえられない逸品のはずです」

五平はこちらの方も箸を一度も止めなかった。

季蔵は三吉に煎茶《せんちゃ》を出させて、

「少しは噺のお役に立ちましたか？」

おっかなびっくり訊いてみた。

「おかげさまで」

五平は嬉《うれ》しそうに笑顔を見せた。

「平目の漬け玉子丼は朝、女房に食べさせたい、漬け茶漬けは夜の亭主には欠かせない、題して、〝夫婦魚〟」

五平は常になく、きらきらした表情になっている。

「どんな噺です？」

季蔵は奉公人たちに手厚く、分別のある振る舞いで仕事をこなす長崎屋五平には頭が下がる思いでいたが、志半ばで諦めた噺家に一時戻り、噺のネタについて熱く語る松風亭玉輔を好きでならなかったのである。

「若い夫婦がいるんですよ。女房の方はそりゃあ、別嬪《べっぴん》でね。道を歩いていると、男たちが放っておかない。これでしたたかなところでもあれば、末は千代田のお城でお世継ぎのおっかさんにもなれるんだが、生まれつき欲のない女なんです」

――まるで清美さんのようだ――

季蔵は先が気になってきた。

「それで御亭主の方は？」

「男の方はごろつきだ。札付きにまでなれば、それなりの生き方もあるんだが、ただ遊び暮らしたいだけの情けないごろつき。そんな二人が夫婦になった。二人を知ってる連中はため息をついた。男が女を泣かすってね。その通りになって、始終喧嘩が絶えない。そうこうしてるうちに、この男、このところ女房が痩《や》せてきて、特に朝餉が進まないことに気がついた。このまま、とことん貧相になっちゃ、いずれ、女郎に売り飛ばすこともできなくなると、二人の行く末を案じている友達に話し、とにかく太らせなきゃと意気込んだ。それで、友達が知ってる、食が進む朝餉の飯を飯屋に聞きに行ったんだ」

――身勝手は身勝手だが、わたしたちが知らないだけで、源七さんにもこの程度の優しさはあったのだと思いたい――

五平は噺を続けた。

「殴られても蹴られても亭主にぞっこんの別嬪女房には悩みがあった。酒ばかり飲んで、いっこうに夕餉の飯を食べてくれない亭主の身体が、もう心配で心配で。〝あんな奴を案じる前に自分の心配をしろ〟と誰もが呆《あき》れるんだが、実はそれが高じて朝餉が食べられず、痩せ細っていたんだ。これまた、亭主の友達に相談し、亭主と同じ飯屋に聞きに行った。実はこの飯屋というのが、男ながら料理上手の友達が化けた姿だった」

そこで五平は季蔵に向けて目だけで笑った。

――まさか――

――そうですよ、これは季蔵さんなんだ――

「この友達は美味い飯と同じくらい、人の幸せを願って、そうなるよう仕向けるのが好きだった。それで、飯屋に化けた友達は亭主のために、女房に食べさせたい平日の漬け玉子丼を、女房には、夜の亭主には欠かせない漬け茶漬けをそれぞれ教えた。女房は〝明日は美味い朝餉を食わせてやる〟という亭主の言葉がうれしくて、〝ああ、待ち遠しい〟と呟いて、いつ帰ってくるかわからない夕餉まで待てずに、漬け茶漬けを亭主の朝餉の膳に先にと出した。これほど女房の想いが身に染みたことのなかった亭主は、〝俺もおまえの拵えてくれる漬け茶漬けで長生きするから、おまえも、柳腰は止して、漬け玉子丼で女相撲取りと見間違えられるほど、うんと肥えてくれ。そうなりゃあ、もう、男たちも振り返ったりせず、ずっと、俺だけのおまえだ〟。ああ、やっと友達の祈りが通じたね。これにて〝夫婦魚〟、お後がよろしいようで――」

五平は知らずと扇子を畳む仕種《しぐさ》をしていた。

五

「さあ、店へ帰って、この噺を書き留め、銭屋さんに届けなければ――。その後で早速、おちずに、漬け玉子丼と漬け茶漬けの作り方を教えますよ。子どもたちだけじゃなく、おちずも喜んで食べるはずです」

そう言い置いて立ち上がった五平に、

「銭屋さん？　日本橋駿河《するが》町の両替屋の銭屋助左衛門さん？」

季蔵は確かめずにはいられなかった。

「そうです。実は銭屋さんが新しく買った土地に建っている古い長屋を建て替えるんだそうですが、その井戸から、百合根売りの女の骸が見つかったんだそうです。そこで、地鎮祭の時に供養の噺をしてくれと頼まれていたんです。縁起担ぎですよ」

「五平さんは銭屋さんと親しいのですか？」

「噺好きで、時折、うちの噺の会においでです」

「知り合ったのは？」

「上方《かみがた》で世話になって、おやじをよく知っていたとおっしゃっていました。わたしより七つ、八つ年嵩《としかさ》です。ただし、よほど江戸の暮らしが長いのでしょう、驚くほど上方訛《なま》りのない人です。もしや、ここの新しい常連ですか？」

「ええ、まあ」

季蔵は言葉を濁して、

——ここまでの供養をしようという人を疑いたくはないが——

「〝夫婦魚〟はきっといい供養になりますよ」

複雑な想いで五平を見送った。

この日、烏谷が暮れ六ツ（午後六時頃）の鐘の鳴り終わらぬ間に、

「邪魔をする」

塩梅屋の暖簾《のれん》を潜《くぐ》ったのは言うまでもない。

「今日は鶏をいただきましてありがとうございました。三吉も励みになっています」

季蔵は烏谷を離れに案内した。

「さて、今宵はどんなものを食べさせてくれるかの？」

烏谷は早速舌なめずりをした。

「まずは先ほどの文のご意向に沿っての料理を、先付けで召し上がっていただきます」

季蔵は膳につやっとした血の色が、瑞々《みずみず》しく食欲をそそる刺身を置いた。

「こちらから、どうぞ。山葵《わさび》醬油ではなく、どうか典雅に柚子《ゆず》酢で」

烏谷は箸を取った。

「何だ、このとろんとした甘みは？」

「それでは次はこれらを。こちらはつんとくる酢醬油で」

勧めたのは小さな短冊に切り揃《そろ》えられている、二種類の白い身だった。

「こりこりとしていて、味もコクがある。河豚《ふぐ》の皮の歯応えに似ていないでもないが、こっちの方がよほど美味い。だが、正体は知れぬ」

「最後はこれでございます。目で面白がってください」

長四角の皿の上に桜鯛らしき瀬戸物が重ねられている。頭と尾ビレだけしか見えないのは、胴体に二本足の蛸《たこ》のようなものが載っているからであった。

ただし、二本足の蛸に頭はなく、醬油と砂糖等で焦げ茶色に煮含められている。

「ちと悪趣味だぞ」

烏谷は呆れた。

「味の方はそうでもありません」

「ならば――」

嫌々箸を伸ばした烏谷だったが、

「お、いける。ねっとりとした美味さだ」

にっとうれしそうに笑った。

「お奉行は魚の卵の甘辛煮付けがお好きだったことを思い出しまして――」

「よく覚えていてくれた。して、この美味の正体は？　いったい、何の魚なのだ？」

「平目の卵にございます」

「先の尖《とが》った蛸の足のようなおかしな形よな。だとすると、先ほどのものも――」

「とろんと甘いとおっしゃったのは、平目の胆《きも》で、河豚より美味いとお褒めいただいたのは、同じく平目の胃袋と皮を湯がいたものでございます」

「ふーん」

頷いた烏谷は、

「そして、瀬戸物の桜鯛に煮付けた平目の卵を抱かせたのは、〝鯛に勝るとも劣らない、神無月魚、平目、ここに余さず見参〟というわけだな」

「安くて美味い料理を守るようにという、お奉行様のご意向にまずは平目で添ってみました」

「そうか――」

ここで烏谷は複雑な表情になって、

「殊勝な心がけ、褒めて遣わす」

声こそ張り上げたが、口調は素っ気なく、

「そうは言うても、わしとて、世で騒がれ始めている、平目と諸々の昆布〆を食べてみたい——」

とうとう、季蔵の耳元で囁《ささや》いた。

「わかっております」

季蔵は心の中で苦笑いをしながら、烏谷のために仕込んであった平目と諸々の昆布〆を供した。

「ただし、えんがわの方は川勝亭にてお願いいたします」

「まあな」

再び箸を手にした烏谷が、

「噂《うわさ》にたがわぬ美味さだが、川勝亭で食うにはちと高すぎる」

満ち足りて、酒を過ごしそうになったので、

——酔い潰《つぶ》れられては困る、今日は聞いてもらいたい話がある——

「〆は平目の漬け茶漬けなどいかがです？」

あわてて季蔵は飯物を供した。

すると烏谷は、

「そう簡単にわしは酔わぬぞ。わしの方も話がある」

ぎょろりと大きな目を剝《む》いた。

「それでは先にお話しください」

季蔵は背筋を伸ばした。

「清美、源七夫婦を殺し、川勝亭の女将を拐かし、小屋に閉じ込めた太三は、林の中で縊れていたが、片袖に黒革の煙草入れを隠し持っていた。これはそちも立ち会って知っておろう。その出処《でどころ》がわかった」

「どこの誰のものでしたか？」

季蔵は息を詰めた。

「あの黒革の煙草入れは一見、どこにでもあるありふれた品に見えたのだが、よく見ると、なめした革に細かく、やっと見えるほどの大きさの仏像が無数に描かれていた。こんな技を持つ職人は少ないので、探し当てることができたのだ。職人の名は陣吉《じんきち》。かざり職だけではとても食えないので、甲州で印伝の修業をしてその技を取り入れ、独自の技法を編み出したのだそうだ。陣吉は注文主の名を明かしてくれた。両替屋の銭屋助左衛門だそうだ」

「銭屋助左衛門の調べは？」

「田端と松次が銭屋に出向いた。助左衛門は黒革の煙草入れを、財布と間違えられて掏《す》られた話をしたという」

「言い逃れでは？」

「いや、助左衛門は掏られてすぐ、不自由だからと間に合わせを買っただけではなく、陣吉に同じものを頼んでいる。一月ほど前のことだ」

「それでは一月ほど前、掏った煙草入れを、太三が使っていたと？」

「まあ、そういうことに落ち着くだろう。助左衛門が太三を殺《あや》めた下手人だとして、証《あかし》になる品をわざわざ片袖に入れておくとは考えられない。これ以上の詮議《せんぎ》はできぬ」

「それでも銭屋助左衛門は――」

季蔵は助左衛門が持ち主になった三軒長屋の井戸に、百合根売りの清美が浮かんでいた話をした。

「知っている。だが、それだからと言って、助左衛門が下手人だなどと決めつけることはできない。そんなことを言うのなら、よほど――」

言いかけて、烏谷は一瞬迷った様子だったが、

「今後のこともあるので申しておこう。懐も身持ちも共に、えらく固いことで知られている助左衛門は、何の酔狂なのか、もう十年以上も、三日にあげず川勝亭通いをしている。目当ては女将のお舟だろうというのが、もっぱらの噂だ」

「お奉行様はあの女将さんを疑っているのですね」

知らずと季蔵は声を低めた。

「お舟ならば、三軒長屋の入手、建て替えも含めて、助左衛門のことはよく知っているはずだ。一月ほど前に黒革の煙草入れも盗める」

「あの掏かしも狂言だったと？」

「お舟が太三を操ってさえいればあり得ぬことではない」

「しかし、女の力で太三をあのように殺すのは無理では？」

「知っての通り、太三は背が届くか届かぬかの枝にぶらさがって死んでいた。結果、検分では自害とも殺しともつかないという。お舟なら色香で誘い、酒で夢うつつの太三を欅の木の前に立たせ、縄の輪に首を通させて、自ら縊らせることもできただろう」

「清美夫婦を殺させた理由はどのようにお考えなのです？」

季蔵の声が震えた。

――清美さん夫婦への想いは、出任せだったというのか？　あの女将さんがそんなことをする黒幕だったとは考えたくない――

「それはまだわからぬ。川勝亭には上方をはじめ、諸国から人が集まるゆえ、これと関わりがあるのではないかとわしは思う。源七はお舟の急所を握っていて、実は女房の清美と二人で強請《ゆす》っていたのかもしれぬ。というのも、源七と清美のことを調べたところ、源七は江戸に来る前は、熱海《あたみ》で巳代次《みよじ》という岡っ引きの下っ引きをしていたというのだ。お舟は以前、行方知れずになった亭主を捜して、人捜し屋を雇っただけでなく自らも熱海まで足を運んでいる。可愛《かわい》さ余って憎さ百倍、探し当てた亭主に拒まれ、つい、手にかけてしまっていたとしても不思議はない。お舟という女は凄腕で商いの達人だが、それだけに、常人ではない強い気性を秘めているように思う」

――源七さんが女将さんの弱みを握っていたとしたら、百合根の売り買いで親しい清美さんに近づいたのは色恋ではなかった？　だから、夫婦の喧嘩も絶えなかった？　喧嘩の元は女将さんから強請り取り続けてきた金の取り分だったのか？　これでは余りに辻褄《つじつま》が合いすぎる。しかも、酷すぎる思惑だ。清美さんが丹精していた百合根や、何より、あの山百合の花畑にまつわる、女将さんの話は何だったというのだ？　すべては、女将さんが自分の身を守るためのでっちあげだったのか？――

季蔵はこれ以上はないと思われるほど、がっくりと気持ちを滅入《めい》らせた。

六

「浮かぬ顔のようだが、何かわしに話があったのではないか？」

烏谷が訊いてきた。

「実は川勝亭の女将さんに気になる話を聞きました」

――しかし、これも女将さんが糸を引いていたとなると、虚にすぎなくなるのだが――

「言うてみよ」

季蔵はお舟から聞いた角兵衛長屋の重太郎のことを話した。

「お舟にいっぱい食わされたのかもしれぬぞ」

烏谷はふんと鼻を鳴らした。

「そうではないとは言い切れませんが――」

「聞かなかったことにする。己の足だけで調べてみよ」

「わかりました」

烏谷を送り出した季蔵はいつになく、心身ともに疲弊していたが、

――やらなければならない仕事があって助かる――

店へ戻って、

「さあ、始めるぞ」

鶏一羽を切り分けるための包丁を三吉に握らせた。

「それにしても、おいら、この鶏が生きてなくてよかったって思ってるんだ」

三吉は頭が落とされ、羽が毟られている鶏を俎板《まないた》の上に置いた。

「そのうちに生きた鶏の捌き方も教えよう」

季蔵は先代主、長次郎《ちょうじろう》と一緒に鶏を絞めた時のことを思い出していた。

まずは血抜きのために、木に鶏を吊すのだが、この時、右の羽を左の羽の上に重ね、外側を通して、左の羽の下に右の羽を重ねておいて、両足を括る。

こうして羽交い締めにしておくと、首を切る時に羽ばたかない。

また、首から地べたまで六寸六分（約二十センチ）ほどに吊す。

吊しておく間は、鶏が瞼《まぶた》を閉じて首を持ち上げる力が残らなくなるまでである。これには若干個体差がある。

さて、いよいよ、首を切る段になると、先代長次郎は昨日、研ぎ直したばかりだという出刃包丁を取り出した。

「首を切られた鶏は意外によく動くんだ。おまえは血が飛び散ったりしないように、両腕でしっかりこいつを押さえてて、わしに向けたりするなよ。それから、目を隠してやって鶏を落ち着かせること。まだ駄目だ、それじゃ、おまえの押さえてる指を切っちまうよ。鶏の首はしゃんと伸ばしてやんねえとな」

季蔵が言われた通りに鶏を押さえたところで、長次郎はさっと出刃包丁を振り下ろして、雌鶏《めんどり》の頭を切り落とした。

見事だった。

「鶏屋でもない素人が鶏を絞めると、包丁を鋸《のこぎり》のように使って首の骨を切るもんだから時ばかりかかる。あれじゃ、死にきれない鶏が気の毒だ。それで鶏を絞める時は、せめて、鶏屋並みに送ってやることにしてる」

いかにも長次郎らしい言葉だった。

首を切った鶏は完全に血抜きを終えた後、熱湯に浸け、引き上げて羽を抜くように毟る。

「いいよ、おいら、そんなことしたら、怖い夢に出てきちまいそうだもん」

「まあ、先のことだ」

――三吉にはまだまだ、乗り越えなくてはならない試練が多い――

「それにこうやって、これ見てても、魚とは勝手が違うだろうから、どこから手を付けていいかわかんないし」

三吉は心細げに俎板に鎮座している丸鶏を見つめている。

「まずはもも肉を取る」

「もも肉って二本ある足のところだよね」

「そうだ。体とももの間の皮の部分に切り込みをいれろ」

季蔵は指示をはじめた。

「皮が裂けて足が開いてきて、何か、小さな骨みたいなもんにぶつかったけど」

「骨と骨のつなぎ部分だろう。軟骨だから切れるはずだ」

「上の方にもう少し大きな骨がある」

「腰の骨だろう。よし、そこから肉を削《そ》ぎ取るように、尻の方から包丁を入れろ」

「あ、また包丁が骨に行き当たった」

「それも骨と骨のつなぎだが、切り取れ」

「やったよ」

「後は左手を腰の骨にしっかりと当て、足を持って、頭の方に引っ張れ」

「案外むずかしい、ほんとにこれでいいの？」

「大丈夫だ、迷うな」

「ああ、でも、肉が骨に残ってて――」

「手伝おう」

季蔵は自分の包丁を使って、骨付きのままもも肉を切り取った。

「次は手羽を取る。手羽先（手羽の羽先の部分）と手羽元（手羽の胴体に近い部分）、胸肉がとれる」

「ひとっところでいろんな肉がとれるのはいいよね」

三吉の目が輝いた。

「それでは手羽を持って、肩の部分の二つの山の間に包丁を入れて、骨と骨のつなぎを切るところから」

「さっきと同じでむずかしいよ」

「仕方ないな」

これも季蔵が手伝った。

「最後はびしっと決めてくれ。左手の親指を三本の骨がつながっているところに当てて、尻の方へ手羽を引っ張る。手羽元や胸肉と一緒に綺麗《きれい》に剝《は》がれるはずだ」

「よおっし」

三吉は気合いをかけて力強く引っ張って、肉片を剝がすと、手羽先、手羽元、胸肉に切り分けた。

「あ、ささみだ」

胸肉が取られた跡に見えている竜骨に、細長いささみが貼りついている。

「ささみは丁寧に剝がして取れ」

季蔵は三吉に声を掛けて、

「ここからはわたしが代わろう」

内臓肉の処理に取りかかった。

これは経験のある者でなければ出来ない。

経験のない者でも、関節部分を残して、包丁で肩胛骨《けんこう》を体から剝がし、さらに首を押さえて、あばらから内臓を露出させるところまでは出来る。

だが、ひしめいている内臓がいったい何であるか、まず区別がつかない。

しかし、胆嚢《たんのう》の袋を破ってしまうと苦味が他の肉に移ってしまうし、小腸の中身は排泄《はいせつ》物なので臭みが強く、これまた、うっかり包丁は入れられない。

季蔵は肝の臓の下にある胆嚢を注意深く大きめに除去し、ぎっしりと中身が詰まっている小腸と一緒に捨てた。

心《しん》の臓、肝の臓、鳥類特有の胃袋で、飲み込んだ砂や石を貯《た》めて食べ物を砕く砂肝、たまひも（卵巣と輪卵管）を切り分ける。

「明日、明後日の賄い用に頼む」

告げられた三吉は、

「困るよ、おいらやったことないもん」

「誰でも最初はやったことがないものがあるはずだろ」

「そりゃ、そうだけど。もし、美味く出来なかったら――」

「そうだとしても、わたしが文句を言うだけだ」

「そうだった、お嬢さん、明日は同心仲間の御新造さんたちと茶飲み会だって言って、ここへは来ないんだった」

「だから、気にせず、思う存分やってみろ」

季蔵に励まされて、

「よおっし」

三吉はまた自分に気合いをかけて、武者震いした。

季蔵は内臓肉と軟骨、鶏ガラを三吉に丹念に洗わせた。少しでも臭みが残っていると、時を置いて強くなり、消えないからだ。

ふわふわと欠伸《あくび》が続いて、船を漕《こ》ぎはじめたところで、

「二階で寝て来い」

三吉を解放してやり、季蔵は一人で、骨付きのもも肉、手羽先、手羽元、胸肉、ささみを漬け込む、二種の漬け床を作り始めた。

烏谷は川勝亭の平目と諸々の昆布〆やえんがわ尽くしに負けない、安くて美味い料理をと、無理難題を言ってきているが、鶏とて安価ではなく、これを使っての料理も美味いが安くはない。

そこで季蔵は、たいていは捌いてすぐに鶏鍋等にしてしまう肉の部分を、漬け込んで日持ちさせ、その都度取り出して料理に使うことを考えついたのであった。

――これでここ半月ほど、欲しい時に鶏が味わえるのなら、この鶏もあながちそう高くないことになる――

漬け床の基本は味噌《みそ》である。

赤味噌に味醂と、思いきってすり下ろした生にんにくを加えて、煉《ね》り上げた漬け床には、脂の多い骨付きのもも肉、手羽先、手羽元を豪快に漬けた。にんにくで脂の臭みが抑えられる。

一方、白味噌に酒粕《さけかす》、味醂、酒、砂糖、塩を混ぜた漬け床には、脂の少ない胸肉、ささみを漬け込んだ。酒粕の働きで、胸肉やささみがぱさつかず、しっとりとした風合いになる。

七

季蔵は小上がりで、少々うとうとしただけのつもりだったが、気がつくと、暗かった空がほんのりと白み始めていた。

驚いたことに、二階で眠っていたはずの三吉が近くですやすやと寝息を立てている。

そばに紙が落ちている。

何やら文字が書かれている。

拾って読んでみると、鶏の内臓肉や軟骨等を使った料理の品書きだった。

――わたしの真似をしたのか――

品書きには以下のようにあった。

先付け　鶏皮の葱和《あ》え　茹《ゆ》でた鶏皮を細切りにして、小口に刻んだ葱と酢、醤油で和える。

お造り
椀物　せせり入り茶碗蒸し　脂のよく乗った首の肉がちょこんと入った茶碗蒸し。しぼった柚子をかける。
揚げ物　ごちゃ揚げ　軟骨、はつ（心の臓）、砂肝の唐揚げ。
煮物　きんかん卵入り鶏胆煮　胆とたまひもを醬油、酒、味醂の甘辛味で煮付ける。水は一滴も入れない。きんかん卵（濃厚な黄身）入りで豪華。
焼き物
飯物　鶏玉子雑炊　くたくたになるまで水で煮た飯に、鶏ガラで取った出汁を加え、玉子でとじる。味付けは塩だけ。

――どうにも気になって目が覚めて、こうして書いてみたのだな――

季蔵は微笑ましい気持ちが満ちてきた。

――そういえば、三吉は何かの折、きんかん卵が必要で嘉月屋《かげつや》さんの伝手《つて》を頼って二日間、鶏屋を手伝ったことがあった。鶏屋のご主人に可愛がられて、特別に幾つか分けてもらったが、その折に学びもしたのだろう。でなければ、すぐに、これだけの料理は思いつくまい――

季蔵は思わず、大きな口を開けて眠りこけている三吉の寝顔に見惚《みと》れた。

――おまえだけはまっしぐらに偽りのない道を歩いている――

川勝亭のお舟や今は亡き清美夫婦への疑惑で、人間不信に陥りかけていた季蔵は三吉の一途さに救われたような気がした。

――このままではますますわだかまりが大きくなる。悪い方にばかり考えが走り、心が重くてならない――

季蔵は重太郎の住まう角兵衛長屋を訪ねようと身支度を調えた。

――米沢町までは半刻（約一時間）はかかる。ちょうどいい頃合いだ――

文を書いて、三吉の品書きに重ねた。


魚ではないのでお造りは不要に思う。

焼き物はわたしが味噌に漬け込んだささみと胸肉を焼いて、手でほぐして分けてはどうだろうか。

季蔵

三吉へ

出かける前にもう一度三吉の寝顔を見た。

「おいら、ほんとは鶏の料理は得意なんだよぉ。おいらだって、菓子以外に得意はある――。だけど、絞めるのは駄目、おいら鶏も化けて出るって信じてるから。ああ、でも、早く、一人前になりたいよぉ」

寝言で訴えている三吉に、

「そうだ、そうだ」

季蔵は何度も相づちを打った。

米沢町へと向かう途中、夜が完全に明けて、日に日に乏しくなる陽《ひ》の光がやっと空から降ってきた。

季蔵は角兵衛長屋の前に立った。

長屋の早い朝は井戸が使われる水の音で始まる。

井戸端へと向かう。

女たちが集まって米を研いでいた。

季蔵は赤子を背負っていない、狐《きつね》顔の大年増に重太郎を知らないかと訊いた。

「さあねえ――」

大年増は素早く何人かの他の女の顔を見回した。

「誰か知ってるかい？」

――これは知っている――

「朝早くで手土産が買えませんでした」

季蔵は女の手に饅頭《まんじゆう》代を握らせた。

「重太郎って、一時、一番端のとこに出入りしてた人だろ？」

「引っ越してきた時、こっちが押しかけてって、やっと挨拶《あいさつ》したよね」

「饅頭一つ出さなかった――」

「気の利かない奴」

「けちなんだよ」

「あ、でも、いい男だって、きゃあ、きゃあ言ってた馬鹿娘もいた」

「どこがいいのかね、あんな小さくて頼りにならない優男」

「それでも身のこなしはよかった、足も早かった。あたし、この近くで見たんだ、あいつが犬に追いかけられて、木にするすると上ったところを――」

「猿じゃあるまいし」

そこで女たちは、せっせと米を洗う手を休めずにどおっと笑った。

「その重太郎さんは今もここに住んでいるのですか？」

季蔵は重太郎と会って、お舟から聞いた話の真偽を糺《ただ》すつもりでいる。

「とっくにいなくなったよ」

「それはいつです？」

「そうさね、三月は前のことだったかね。ところで、あんた、重太郎の何なんだい？」

「重太郎さんは恩人です」

方便である。

「へっ、恩人だって」

女たちはいくぶん好意的になった。

「あの男が恩人とはね――。まあ、出来たあんたが言うんだからそうなんだろうよ」

大年増は掌《てのひら》を開いて握っていた銭を季蔵に見せた。

「恩人なら、さぞかし会って礼を言いたいだろうね。大家のところを教えてもいいよ。あたしたちよりは知ってるだろうから」

すかさず、季蔵は開いた掌に、また、饅頭代を握らせた。

すると、

「重太郎のとこ、見ていくかい?」

大年増はさらに親切になった。

「お願いします」

案内されて季蔵が目にした長屋の中の家財道具と言えるものは、一組の夜具だけであった。

「煮炊きはせずに、夕方になるといつも出かけてたね。一日中、帰って来ない日も、朝居て、昼居ない、その逆もあったかな。連れ込む女はいなかったから、そのためでもなかったみたいだよ」

大年増はしたり顔で話してくれた。

通りを挟んだ長屋内の木戸脇の小さな仕舞屋《しもたや》に住まう年配の大家は、縁側に座って、三毛猫の毛繕いを手伝いながら朝茶を楽しんでいる最中であった。

連れ合いの古女房が飯を炊いている匂いが漂ってきていて、

「これから朝飯なんだがな。いったい、何だい？」

大家は不機嫌そうな様子である。

「実は恩人の重太郎さんを探しているのです」

季蔵は方便を続けたが、

「たしかに重太郎さんからは一年分の店賃《たなちん》をもらって、あそこを貸してる。身元は調べなかったよ、一年分の前払いで充分だからね。そんなわけで、今、あそこに居なくたって文句はないいんだ。あんたには、気の毒だがそれだけの縁なんだ。年寄りは飯だけが楽しみなんだよ、わかったら、早く帰ってくれないか」

苦虫を潰したような顔になった大家に追い出されてしまった。

――探した甲斐《かい》はあった――

帰路を急ぎながら、季蔵は心の中で両手を打ち合わせた。

――長屋の流儀を知らない重太郎は長屋に住んだことがないはずだ。また、忍びか盗《ぬす》っ人《と》のように足が速く敏捷だという。一年分の店賃を前払いしながら、居たのは一時でもう住んでいない。何とも腑に落ちないことではないか？――

とはいうものの、この憶測を烏谷にぶつけたとして、

〝重太郎は男にしては小柄な優男だと申したな。借りた家に寝泊まりしていなかったとすると、女が化けていてもおかしくはあるまい。川勝亭の女将は女にしては背丈がある方ではないか？　わしのこの憶測、そちの憶測と甲乙つけがたい、どちらも冗談、冗談。重太

郎はきっと、川勝亭を贔屓《ひいき》にしている、暇を持て余した粋人の金持ちなのだ。長屋暮らしはお大尽のお道楽だったのかも――。今頃、重太郎と名乗った御仁、江戸ではない遠い空の下でくしゃみをしているかもしれぬぞ。やはり、そちは、保身を狙ってあえて長話をした、あの女将にいっぱい食わされたのだ、わはははは〟

などと笑い飛ばされてしまうだろう。

――重太郎が女将の作り話の担い手などではなく、不審だという確たる証がほしい――

季蔵は強く思いつつ塩梅屋に帰り着いた。

「たった今、この文が届いたよ」

出迎えた三吉が緊張した面持ちで文を渡してきた。

以下のような文面であった。

向島の米問屋長田屋《ながたや》徳平衛《とくべえ》の寮にて待つ。

烏谷

「今夜の仕込みはおまえの書いた品書きの通りやってくれ」

季蔵は三吉に言い置いてすぐにまた店を後にした。

第四話　初雪もち

一

季蔵《としぞう》は向島へ通っている船着場へと急いだ。

近くまで来た時、

「兄貴じゃないか」

黒光りしている顔の豪助《ごうすけ》に声を掛けられた。

「乗るのかい？」

「急ぐんだ」

「あいにく、俺と交代した後、とっくに船は出ちまってる」

「困ったな」

「待ってな、俺が都合してくるから」

「悪いな」

「いいってことよ」

こうして豪助が借り受けてきた舟に季蔵は乗った。

豪助が漕《こ》ぎだした舟は水面を滑るように進んで行く。もちろん他に客はいない。

「兄貴と舟に乗ったのは何度目だろう？」

「一度目は主家から逃げてきた時だった」

「あん時の兄貴、緊張してたな。船頭の俺が雲助だったらって思ってたんじゃねえのかい？」

「まさか――」

「俺は正直、厄介な奴を乗せちまったと思ったぜ。兄貴に限らず、侍って奴は何かあるとすぐに刀でばっさりだから。死んで川に浮くのはご免だった」

――そんな風にわたしのことを見ていたのか？――

この時、なぜか、季蔵は急に心が楽になるのを感じて、

「実はな――」

話すつもりなど毛頭なかった川勝亭《かわかつてい》の女将《おかみ》、お舟《ふね》への疑惑を口にした。

――豪助の舟に乗った二度目は、お奉行様に命じられて、主家の極悪な嫡男鷲尾《わしお》影守《かげもり》を父親と対決させるためだった。豪助は何も訊《き》かずに船頭を引き受けてくれた。二人が殺し合った顛末《てんまつ》は病死として届けられ、知っているはずの豪助は、この件について決して口にしなかった――

季蔵は口の固い豪助を信頼している。

「川勝亭が市中のよろず食べ物、料理に通じていて、なにが流行《はや》っているか、人気が出かけているか、いち早く嗅《か》ぎつけるんで少々、嫌われ者になってんのはほんとだよ。だけど、その探りをやってんのはあそこの大番頭、六助《ろくすけ》だ。とにかく、歩き回るのが苦にならないらしく、客を装ってあちこちの食い物屋に出かけてる」

――そういえば、川勝亭の急場とあって、平目と諸々の昆布〆《こぶじめ》とえんがわ尽くしを教えた時、あの大番頭は、狼狽《うろた》えて必死になっていたお嬢さんと違って、まるで水を得た魚のように生き生きしていたな――

「うちもね、去年の秋、おしんが刻んだ柚子《ゆず》皮なんかを足して、苦心して拵《こしら》えた長芋漬けを、やられたんだ。かっぱらった川勝亭じゃ、何という品書きで出してたと思う？」

「長芋漬けの柚子風味か？」

「京風江戸流長いもお漬けものだとさ。瓦版《かわらばん》にもこれで取り上げられたんだぜ。川勝亭じゃない、盗《ぬす》っ人《と》亭だなんて言って、しばらく、おしんの怒りは納まらなかったぜ。俺は〝おまえだって、時折、兄貴の料理を、うちの漬け物茶屋の品書きにいただいてるじゃねえか〟と諭して、やっと納まりをつけた。けど、いただくたびに俺たちは兄貴に許しをもらってるだろ？　川勝亭にもそれをやってほしかったと俺は思ってる。それをしねえのは理由《わけ》あってのことだ」

「いただいていることを女将さんが知らない？」

「だと思うね。川勝亭の跡継ぎは娘一人だけだから、六助は女将さんに気に入られて婿に納まろうってえ魂胆なのさ。自分に都合の悪いことは決して報《しら》せねえ」

「それでもどこからか、耳に入るはずでは？」

「盗《と》られた方はまずは言わねえよ、みっともねえからな。あの女将さんのことだ、瓦版屋には取りあげてもらうたびに、たっぷり礼を弾んでるだろうし。一度川勝亭の新しい品書きと信じちまったら、何をどう言ったって、世間は〝因縁をつけてる〟、〝負け犬の遠吠《とおぼ》え〟と言うさ。川勝亭相手に相撲《すもう》を取ったって勝てねえのさ」

　豪助は心底悔しそうに唇を噛《か》んだが、

「けど、だからと言って、俺は女将さんがとんでもない嘘《うそ》つきで、人殺しなんぞに手を染めてるとは思わねえ。言っとくが、これは女将さんが別嬪《べっぴん》だから肩を持つわけじゃねえ」

「舟に女将さんだけを乗せたことがあるのだな」

「たいていはさっき言ったように、水の上で俺が突然、雲助になったら、どうしようっていう怯《おび》えを感じるんだけど、あの女《ひと》には無かった。それでちょいと悪戯《いたずら》心が出て、〝あんた、俺のこと怖くねえのかい？〟って訊いてみたのさ。そうしたら、〝少しも〟って言って、にっこり笑って首を横に振ったんだ。怖いのを堪《こら》えての啖呵《たんか》なんかじゃなかった。冬も近かったけど春風に吹かれた気がしたぜ。女将さんが男だったら、たとえ美男で凄腕《すごうで》の客あしらいの名手でも、世間からそう悪くは言われなかったろうし、お上だって下手人扱いしねえんじゃねえかな」

　季蔵もこの豪助の評に相づちを打ちたいところだったが、

——これも所詮《しょせん》、印象だ。お奉行様の例の思惑と大差がない——

「たいした女将さん贔屓《びいき》だな」

わざとからかう口調になり、

「いけねえ、兄貴、この舟の上で話したことはおしんには絶対内緒だぜ」

豪助はあわてた。

「そうしよう」

季蔵は大きく頷《うなず》いた。

長田屋《ながたや》の寮は船着場から見える林を横切った先にあった。

林の中を歩かなければ行き着かないということは、長田屋が新興の米屋である証《あかし》である。

季蔵が歩を進めるたびに、落ち葉が草履の下で鳴った。

長田屋の前では烏谷《からすだに》が待ちくたびれて立っていた。

「遅いではないか」

「申しわけございません」

「こちらだ」

烏谷は先に立って客間へと歩いた。

徳平衛《とくべえ》と思われる四十半ばの男が、畳にうつぶせに倒れてすでに息絶えていた。

骸《むくろ》の頭から夥《おびただ》しい血が流れていて、近くに大きな美濃焼の壺《つぼ》が割れて転がっている。

「見ての通り、茶の支度もしてあり、徳平衛は訪ねてきた相手に、後ろから壺を振り下ろされて殺されたようだ」

「他に人は？」

「寮での徳平衛は一人を好んだようだ。奉公人は通いだった」

「それでは、亡くなっている主《あるじ》を見つけたのは、奉公人ですね」

「そうとも言えるが、そうでないとも言える。まあ、その話は後だ」

烏谷は曖昧《あいまい》な物言いをした。

季蔵は徳平衛が床の間の掛け軸に向けて、右手をさしのべていることに気がついた。

掛け軸には仏像が描かれている。

たおやかで気品と慈愛が溢《あふ》れた観音菩薩《ぼさつ》像であった。

「これに意味があると思うか？　それを確かめるために、勘が鋭いそちを呼んだ」

烏谷に訊かれ、

「首を括《くく》った姿で果てていた太三は、銭屋《ぜにや》助左衛門《すけざえもん》から掏《す》り盗《と》ったとされている、黒革の煙草《タバコ》入れを片袖《そで》に入れていました。その煙草入れは特注品で仏像が描かれていたと聞きました。その絵柄と一致するならば、間違いなく意味はあると思います。長田屋さんはこの掛け軸の絵に託して、何かを伝えたかったのでしょう」

「奉行所に立ち寄った田端《たばた》と松次《まつじ》が、ここへ持ってくる手はずになっているが、たしか黒革の煙草入れの方も観音菩薩像だったと聞いているが、この手のものは数多い。それでも、比べれば、はっきりするだろう。その前に――」

烏谷は季蔵を客間から連れ出すと廊下を歩き、二階へ続く階段を上った。障子を開けると、いかつい精悍《せいかん》な顔つきながら、目に穏やかな温かさを湛えた四十路絡みの男が、烏谷に向かって畳に手をつき丁寧に辞儀をした。

「銭屋助左衛門、故《ゆえ》あって、木原店《きはらだな》は塩梅屋《あんばいや》の主季蔵を引き合わせる」

助左衛門はあわてて、季蔵にも深く頭《こうべ》を垂れた。

「なにゆえ、銭屋さんがここに？」

季蔵は驚愕《きょうがく》を抑えきれなかった。

「理由《わけ》をもう一度、話してみよ」

烏谷は助左衛門を促した。

「実は昨日、長田屋さんから呼び出しの文が届きました」

烏谷は助左衛門から預かっている文を季蔵に差し出した。

以下のようにあった。

是非ともお話をしなければなりません。これは急ぎです。本日、四ツ（午後十時頃）に向島の長田屋寮でお待ちしています。お泊まりになるつもりで、必ずおいでください。あなただけが頼りです。

長田屋徳平衛

銭屋助左衛門様

「長田屋さんはどのような話をなさるつもりだったのか、見当はつきますか？」

季蔵は訊かずにはいられなかった。

「いいえ」

助左衛門は首を横に振った。

「米袋に小判を詰めて担いで来たというのにか？」

烏谷は部屋の隅に置かれている布袋を見据えた。

「長田屋さんとは川勝亭で顔が合い、いつしか親しく話をするようになっていました。前に会った時、博打《ばくち》に手を出して、大変なことになっているんだと打ち明けられていましたので、とりあえずと思い、持参したんです。こんなことになっているとは露ほども思っていませんでした」

助左衛門は沈痛な面持ちでいる。

「その後、何をどうしたか申せ」

「近所まで走って、通いの奉公人に来てもらいました。蔵前の長田屋とお上にお知らせするためです。正直、お上に事情をあれこれお話しするのは大変ですので、ここが市中でしたら、用済みになった米袋を担いで、こっそり駿河《するが》町の店に戻ったかもしれません。ただ、四ツに来るようにとのことでしたから、その後はもう舟が通っていませんし、迎えの者は朝にならないと来ませんので、ここにこうしているしかなかったんです」

助左衛門は淡々と話を続けた。

二

この後、田端と松次が黒革の煙草入れを届けてきた。

絵師を伴っている。

「気の利くことよな。早速、その煙草入れに描かれている仏像を大きく写してみよ。そうすれば、掛け軸と同じかどうか、一目瞭然《りょうぜん》のはずだ」

「承ります」

絵師は米粒ほどの仏像の文様に目を凝らして、持参した紙に大きく写し取った。

「間違いございません」

絵師は掛け軸の方を向いて大きく頷いた。

助左衛門が呼ばれた。

「どうして、そちと徳平衛が同じ観音菩薩を愛《め》でていたのか、知りたいものよな」

烏谷は鋭く訊いた。

「以前、長田屋さんにここで見せていただき、慈愛に満ちた清らかな微笑《ほほえ》みがいたく気に入りました。御利益を感じたんです。それで煙草入れを頼んだかざり職をここへ来させて写させ、日頃持ち歩く煙草入れの革の地模様にさせたんです。地模様にさせたのは、掛け軸と違って、擦り切れることもある、普段使いの煙草入れですから、一目でわかる大きな姿では罰当たりだと思い、何とか模様に工夫させたんです」

助左衛門は淀《よど》みなく応《こた》えた。

「そちは今回だけではなく、しばしばここへ招かれていたというのか？」

「博打の他にも長田屋さんは――とかく、男には連れ合いに言えない秘密があるものです。わたしは暢気《のんき》な独り身でしたので、話しやすかったんでしょう」

「それではあのような文も大して重大事だとは思っていなかったと？」

「長田屋さんに頼まれてお金を融通してきましたが、あの通りの繁盛ぶりなので、いつも、必ず返してくれました。長田屋さんは苦楽を共にしてきたお内儀さんを大事になさってい るので、身から出た錆《さび》で心配をかけたくなかったんだと思います。わたしに借りるのはお内儀さんの目を誤魔化すためでした」

助左衛門は少しも動じてはいなかった。

そこで田端が、

「お奉行、少し、お話ししたいことがあるのですが――」

烏谷に耳打ちした。

「よほど大事なことか？」

「はい」

田端の目に力が籠《こ》もっている。

「よかろう」

頷いた烏谷は、松次に助左衛門を見張っているように命じると、

「行くぞ」

季蔵を促して玄関を入ってすぐの小部屋へと移った。

「早く申せ」

「長田屋では主徳平衛が寮で死んでいたと聞かされて、狐に抓《つま》れたようでした。いつものように川勝亭に居ると思い込んでいたのです。それで急ぎ、川勝亭に立ち寄りました。女将のお舟は〝たしかに昨日は長田屋さんがおいでになる日でした。銭屋さんもおいでにならず寂しい日になりました〟と言っていました。気になって問い糺《ただ》すと、長田屋と銭屋は律儀にも、ほぼ一日交替で、川勝亭の客になっていたとのことでした。滅多に二人が顔を合わすことはなかったと——。目当てはお舟でしょうから、何年も二人は張り合っていたことになります」

——これは助左衛門さんに不利な話だ——

「張り合っている者同士が長い年月、ぶつかりもせず、実は交友を深めていたなどという綺麗事《きれいごと》があるものかの？　助左衛門にはそのあたりをじっくり訊かねばならぬ」

断じた烏谷は助左衛門の捕縛を田端に命じた。

田端が小部屋から出て行くと、

「このままでは、銭屋は長田屋とお舟のことで言い争った挙げ句、かっとなって壺を振り下ろしたということになるだろう。だが、血気に走る若者ならともかく、二人は分別のあ

る年齢《とし》だ。守るものもある。会ったのがお舟絡みとなると、銭屋が持参したあの金子《きんす》はいったい、何のためだったのかということになる」

「長田屋に手を引かせるためでは？」

「長田屋は銭屋より小さな商いだが、あの程度の金子でこれほど時も金もかけてきた、お舟への想《おも》いを断ち切れるとは思えない」

「たしかに――」

季蔵は頷きはしたが、

――しかし、これでは何が真実で、何が嘘なのか、真偽のほどがまるでわからないではないか――

苛立《いらだ》ちを感じた。

「そちの今の気持ちはよくわかる。わしも同様だ。ここは助左衛門とお舟の話の裏を取ることにしよう」

「長田屋のお内儀と川勝亭の女将に話を訊きに行けとおっしゃるのですね」

「さしもの助左衛門も長田屋のお内儀までは自在にできまいし、川勝亭の女将は手強《てごわ》いが、持って行き方によってはぼろを出す」

「わかりました」

季蔵は田端や松次たちよりも先に帰路に就いた。

蔵前にある長田屋は主の訃報《ふほう》がもたらされたとあって、表は大戸が降ろされたままである。

季蔵は勝手口に回って訪いを告げた。

奉行所からの使いだと名乗って、下働きの者に言伝《ことづて》を頼むと、顔まで白い髷《まげ》や眉《まゆ》と同じく蒼白《そうはく》の大番頭が駆け付けてきて、

「こちらへどうぞ」

「こちらへどうぞ」

客間へと案内された。

「お峰《みね》でございます」

長田屋の内儀は年齢の頃は四十歳近く、瘦《や》せぎすで、もともと悪いらしい顔色は青黒い。泣きすぎで顔はむくみ、目は腫《は》れている。

「このたびは――」

季蔵は形通りの悔やみの言葉を口にした。

「ご丁寧に」

「一つ、二つ、お訊《たず》ねしたいことがございます」

「それ、旦那《だんな》様を殺した下手人を捕まえる手掛かりになるんですよね」

「もちろんです」

「ならば、知っていることは何でもお話しします」

「銭屋助左衛門さんを御存じですか？」

「名の知れた両替屋さんで、時折、川勝亭で顔が合うと旦那様から聞いています」

「会ったことは？」

「ございません。うちには茶室もあり、人好きの旦那様が、以前はよくお客様をお招きしていたんですが、ある時からぱったりとどなたもお招きしなくなったんです」

「ある時とは？」

「米相場が急落した年があり、高騰を見込んで買い付けていたお米を捨てるしかなくなりました。借金が膨らみ、あたしは、いつ一家心中か夜逃げを持ちかけられるかと、冷や冷やしていたことがありました。旦那様は入り婿でしたので、その重みもあって、とことん気を滅入《めい》らせていました」

「お子さんは？」

「男の子が二人います」

「お子さんのためにも、何とか家業を建て直したいと思われたことでしょう」

季蔵は特注と思われる凝った造りの船簞笥《ふなだんす》や青磁の壺、丸山応挙《まるやまおうきょ》の落款のある鶴《つる》の描かれた屛風絵《びょうぶえ》等をながめた。

「持ち直されて何よりでした」

季蔵は微笑んだ。

――しかし、どうして、天才絵師のこのような高価な屛風絵を愛でる人が、寮の床の間とはいえ、誰の作ともしれない仏像絵を掛け軸にしていたのか？――

「以前にも増しての繁盛なので怖いくらいです。あたし、このところ、店が潰《つぶ》れかかってた時のことばかり夢に見てました。店や暮らしが昔通りになった今が、幸せ過ぎて怖かったんです、でも、やっぱり――」

突然、お峰は両袖を顔に押し当てると、

「旦那様、きっとずいぶん無理をしてたんだと思います。それで誰かから恨みを買って――。金貸しにまで商いを広げたのがいけなかったんです」

涙ながらに訴えた。

「ここまでの身代を築けば、商いを広げて、蔵に唸《うな》っている金子を、貸し付けても不思議はありません。ただ、おっしゃるように、誰かに恨みを買っていたやもしれません。借用書の在《あ》り処《か》はわかりますか？」

「借りた人が下手人かもしれないわけですね」

お峰はきっと唇を噛みしめて立ち上がると、

「少しお待ちください」

客間を出て行き、しばらくして戻ってくると、

「大番頭にも探させましたが、米の売買についての取り決めを書いた文ばかりで、金子の借用書は、あたしが旦那様の古い手文庫の中で見つけたこれ一通でした」

仇《かたき》でも見るような険しい目をその借用書に向けた。

「拝見させてください」

その借用書を渡された季蔵は驚愕で目を瞠《みは》った。

「これは――」

「旦那様は、もう何年も前に、川勝亭の女将さんに、二百両もの大金を催促なしのある時払いで貸していたんです。これはもう商いではありません――」

お峰の目がさらに吊《つ》り上がった。

三

「ありがとうございました」

お峰から借用書を借り受けた季蔵の足は川勝亭へと向かっている。

――女将さんはお奉行様がおっしゃるように、熱海《あたみ》で犯した亭主殺しを隠し通していて、下っ引きだった源七《げんしち》さんと聞かされていただろう清美さんとに強請《ゆす》られていた。それで、太三《たいぞう》を使って殺させた上、博打でお内儀に内緒の借金が出来てしまった長田屋さんに、催促なしのはずだった返済を迫られて殺してしまった？――

怖いほど辻褄《つじつま》は合う。

――だが、これでは稀代《きたい》の悪女ではないか？――

季蔵はどうにも腑《ふ》に落ちなかった。春風のようだったという豪助の言葉も思い出される。

川勝亭を訪れるのは三度目である。

季蔵の顔を見たとたん、下足番が奥へと知らせにいった。

「いらっしゃいませ」

瑞恵《みずえ》が出迎えた。

地味すぎない着物をきちんと着付けて、髪に椿《つばき》の花を形どった平打ちの簪《かんざし》を挿している。

「お似合いです」

瑞恵には若女将の初々しさがあった。

「無理を言って六助に見立てさせたんです。六助は板前さんじゃないのに、献立の閃《ひらめ》きがいいので、きっと着物についても好みがいいと思ったんです」

「恐れ入ります」

居合わせた六助はやや顔を赤くして頭を垂れた。

「女将さんにお話があります」

「おっかさんの様子、気にしてくれてるんですね。おっかさん、てきぱき仕事はこなしてるけど、やっぱりまだ夜はうなされるみたいで――」

瑞恵は季蔵の用件は見舞いだと誤解している。

「少しお待ちください」

季蔵は客間に通された。

「今、おっかさんの部屋に呉服問屋の近江屋《おうみや》さんが、師走《しわす》の着物を届けに来てるんです。おっかさんは毎年、月毎《ごと》に新しい着物をお客様にご披露してるんですよ。師走は冬に咲くヤツデの花。これがちょっと大変で、何度も反物を染め直させてやっと出来上がったんだそうなんです」

「ヤツデを着物の絵柄にするのはきっと、珍しいのでしょう？」

「おっかさんはお洒落《しゃれ》で、上方《かみがた》に伝わる古くからの風流を踏まえ、新しい風流の風をこの江戸に吹かせようとしてきているんです」

「なるほど」

季蔵は頷くと、

「おっかさんに塩梅屋さんがみえたことを伝えてきますね」

瑞恵は客間を出て行った。

茶菓が運ばれてきた。

煎茶《せんちゃ》と伊達巻《だてま》きである。

だが、味わってみると、伊達巻きは卵だけではなく、甘く煮て裏漉《うらご》しした栗《くり》が入っている。甘すぎないので抹茶よりも煎茶が合う。

——栗も百合根《ゆりね》同様、秋に沢山仕入れ、甘煮にして氷室に貯《たくわ》えておくのだろう——

お舟が障子を開けた。

「すっかりお待たせしてしまって申しわけございませんでした」

お舟が着替えたばかりと思われる着物は、芥子《からし》色の絹地に、大きく深い切り込みのある葉と、小さな白い花が丸く集まって咲くヤツデが大胆な構図で描かれている。

ぱっと目を引く絵柄ではあったが奥ゆかしさもあり、畳に手をついて詫《わ》びるお舟自身の姿もまた絵のようであった。

だが、娘が察している悪夢が真実である証に、澱《おり》のように積み重なった毎夜の疲れは、化粧でも誤魔化しようがなく、優雅な美貌《びぼう》を翳《かげ》らせている。

「美味《おい》しい、大変結構な伊達巻きでした。ところで、これは菓子ですか？　それとも箸《はし》休めなのでしょうか？」

季蔵はふと洩《も》らした。

「うちでは、お茶でもお酒でも召し上がっていただける甘味を心がけております。それから、これ、夏場にお出しすることもあるんですよ。栗と卵の両方がお好きな方もおいでなので。山百合をどうしても冬に見たいというお客様には、栗と同じように氷室に貯えた百合根で山百合百合根をお作りします。ここへおいでになれば、いつでも、好きな時季を味わっていただける、それも新しい風流ではないかと思っているんです」

そこではっと気がついたお舟は、

「お話がおありでしたね、わたしとしたことが——つい、おしゃべりが過ぎて——」

季蔵の顔をじっと見守った。

「栗まで沢山買い付けておいでとは知りませんでした。ここまで拘《こだわ》って続けてきた、女将さんならではの風流道はたいした物入りだろうと思います」

季蔵はじわりと斬《き》り込んだ。

「それはもう。風流をもとめるお客様のご要望は限りありませんので」

お舟はあっさりと応えた。

「その上、市中だけではなく、熱海にまで広げて、御亭主探しをされていたとなれば、なおさらのことでしょう」

「前にも申しましたが、川勝亭が今のようではない時は、仕入れも支払いも日々、薄氷を踏む思いでした」

「それがこれですか？」

季蔵は胸元から、長田屋徳平衛宛ての借用書をお舟の目の前に出した。

「ああ、これ――」

お舟が困惑した顔になったのは一瞬で、

「どうして、あなたがこれを――」

次には驚愕と怯えで真っ青になった。

季蔵は長田屋徳平衛が殺されたことと内儀お峰から聞いた話を告げた。

「もしや、これがあるゆえに、お上はあたしが長田屋さんを殺《あや》めたとお思いなのでは？」

季蔵は黙って頷いた。

ぶるぶるとしばらく震え続けたお舟は、

「ち、違います、あたしじゃありません。人を殺めるなんて、そんな恐ろしいこと――」

掠《かす》れた声を振り絞った。

――以前、女将さんは源七のような小心者には殺しはできないと言い切っていた。これほど家業を盛り上げてきた女将さんは小心者ではない。この様子は小心者を装っているのか？――

季蔵は気の毒だとは思いながらも、お舟のこの動揺に不審を抱いた。

「借用書はあたしが進んで書いたものです。たしかにあの時、お金に困っていました。お借りできて有り難かったのは本当です。でも、名もない絵師の仏像画一枚に、二百両もの大金を払っていただく理由がありませんでした。それにいつかはあれを――」

――ここで、また仏像画？――

仏像画は長田屋の寮の床の間に掛け軸にして飾られ、黒革の煙草入れの地模様にも描かれている。

「どんな仏像だったか、覚えていますか？」

――あれらと同じものだとは限らない――

「はい、はっきり覚えています。決して忘れられません」

お舟は硯《すずり》と紙を持ってこさせて、わりに達者な筆遣いで観音菩薩像を描き上げた。

「お上手ですね」

「元は絵師の女房ですので。気が向くと教えてくれることもありましたから」

「特徴のある観音菩薩のように見受けられますが――」

「曲げた片足をもう一方の足に載せておられるのが印象的です」

おごそかな物言いをしたお舟の目が濡《ぬ》れている。

――間違いない、掛け軸や黒革の地模様と同じだ――

「長田屋さんのところの仏像画は、いなくなったあなたの御亭主、菊田十江《きくたじっこう》さんが遺《のこ》されたものですね」

「その通りです。熱海であの人が泊まった旅籠《はたご》を見つけることができて、訪ねて行った時、そこのご主人が残しておいてくれた荷物の中に入っていました。観音像のある極楽寺《ごくらくじ》にも行ってみました。画《え》に描かれていた通り、その観音様はことさら慈悲深く、優しいお顔でした。わたしは、もう亭主は生きてはいないかもしれないと思いました。画業に躓《つまず》いていたあの人は、観音様に誘われて逝《い》ってしまったのではないかとも――。そうでなければ、荷物を旅籠に置いて姿を消したりはしないでしょう？　それ以来、仏像画を亭主の形見だと思おうとしました。でも、時折、筒から出して飽きずにながめていると、亭主がまだ生きているような気がしてきました」

「長田屋さんはいつ、あなたのところにその画があると知ったのです？」

「ずっとながめていたいので、掛け軸に作りたい、腕のいい経師《きょうじ》を探してほしいと、画を見せて相談した時でした」

「それで売ってほしいと言われたのですね」

「長田屋さんはあの俵屋宗達《たわらやそうたつ》などもおもとめになる目利きです。それで当初はお金に窮していているわたしへの助けを、仏像画にかこつけているのだと思っていました」

「長田屋さんと銭屋さんは共にあなたに惹《ひ》かれていると聞きましたが――」

「わたしが色香で惑わせて、いいように操り、競わせているのだというのでしょう?」

苦笑したお舟は、

「残念ながら、お二人に言い寄られたことなど一度もないんです。なのに、世間の皆さんは二人もの立派な殿方に、懸想されていると思い込んでおいでです」

「下心もないのに、常連になって少なくない金を落とし続ける男などいるものでしょうか? その上、二百両も出して助けるとは――」

「あの時、長田屋さんは言い値で買うとおっしゃいました。あたしが断ると二百両という額を口にされました。ちょうどあの時の借金はたしかに二百両でしたが――」

「長田屋さんほどの人なら、手を回して、あなたのところの借金の額を知ることはできたはずです」

「でも、どうして、赤の他人のこのあたしに、そんな途方もない親切を施してくださるんです? わかりません」

お舟は思い詰めた口調と表情で、これまで芝居だと季蔵は思い難かった。

「長田屋さんが掛け軸にした仏像画を、あなたはいつの日か、二百両払って、買い戻すつもりだったのでは?」

「そのつもりでした。大事な大事な画ですから。でも、なかなかお返しできないまま、今日まで来てしまったんです」

お舟は項垂《うなだ》れた。

「長田屋さんに渡った仏像画をその後、見たことは？」

「ございます。長田屋さんは向島の寮にも茶室をお持ちで、何年か前の炉開きの時に飾られていました」

――女将さんがあの仏像画を見ている以上、覚えていて真似《まね》て描くことはできる。そればかりか、亭主の遺した画を譲ったという話も、言い値で買うと相手が言って、断ったところ、借金の額を払ってくれ、女将さんの方は、いずれは取り戻すつもりで借用書を書いたという経緯《いきさつ》も、そうそうはあり得ないことなのだから、何もかも、口から出任せと言われてしまえばそれまでだ。また、振り出しに戻ってしまった――

「昨夜、女将さんはどこにおいででした？」

季蔵は祈るような思いで最後の問いを投げた。

「いつもの通り、ずっとこの店でお客様方のお相手でした」

――まずはよかった。だが、それでも、太三のような相棒がいて殺《や》ったのではないかと疑われるだろう――

季蔵は重い気持ちで川勝亭を後にした。

四

――借用書は確たる証になる。お奉行様にこれを見せれば女将さんはお縄になるだろう

――

お舟の長田屋に宛てた借用書を、季蔵が預かったまま三日が過ぎた。

店で仕込みをしていると、烏谷から以下のような言伝の文が届いていた。

野暮用にて茶屋の二階にて待つ。　烏

「後は任せる」

この日の仕込みはきんぴらごぼうと、漬け込んだ鶏《とり》もも肉を焼いて合わせた賄い風の丼《どんぶり》飯、恵比須講を終えて値が下がった鯛《たい》を使った鯛鍋《なべ》であった。

鯛鍋には鯛のアラでとった出汁《だし》に、切り身、長葱《ながねぎ》、人参《にんじん》、小松菜を彩りよく加え、鯛の優しく甘い旨味《うまみ》が堪能《たんのう》できるよう、薄口醤油《しょうゆ》だけで調味する。

鯛はすでに下ろして、アラで出汁も取ってあった。

「おいらはきんぴらを拵えとけばいいんだよね」

きんぴらごぼうは牛蒡《ごぼう》と人参をささがきに切り、牛蒡は水にさらして洗っておく。鉄鍋に胡麻《ごま》油を熱し、牛蒡と人参を炒《いた》めて、しんなりしてきたら、醤油と味醂《みりん》、砂糖、輪切りの赤唐辛子《とうがらし》を合わせて調味する。

これは作ってしばらくしてからの方が味が染みて美味しい。

「鶏ものの方はわたしがやる」

味噌《みそ》漬けした鶏もも肉を焼くのは鉄鍋でもいいが、季蔵は骨付きのまま、皮までこんがりと網焼きにしようと思っている。

焼き上げたもも肉から皮を外し、手で一口大に千切ってきんぴらごぼうと和《あ》え、炊きたての飯の上に盛りつける。

骨付きのまま焼いて、骨から外したももの身は、骨と身の間にある脂の旨味が凝縮している。

これを試しで作った時、

「おいら、鶏肉もきんぴらと同じで、鉄鍋で焼いて、甘辛醬油味のてりやきにしちまうのかと思ったよ。親子丼《どんぶり》って、鶏も卵も同じ甘辛出汁で煮てるから」

三吉《さんきち》はへえという顔をしたが、箸を取ると、

「いいね、この方が断然。鶏のもも肉の脂が網からほどよく落ちたのかな？　しつこくないし、ちっとも臭《にお》わないし、きんぴらと焼いた味噌漬けもも肉、ご飯と混ざっていい感じだもん。あ、でも、その皮、捨てちゃうの？」

感嘆した。

季蔵は味噌が染みて香ばしく焼けている鶏皮を、細切りにして、大根下ろしと和えて醬油を一垂らし、粉山椒《こさんしょう》を一振りした。

「茹《ゆ》でるのと焼くのとでは違うだろう?」

季蔵の言葉に、

「料理って凄いよね」

見事な返しをして、

「おまえも一皮剝《む》けてきたな」

「駄洒落《だじゃれ》は酷いよ」

満更でもない様子の三吉だった。

その三吉が、

「あの、ちょっと気になることがあるんだけど」

身支度を調えて戸口へと向かいかけていた季蔵を呼び止めた。

「急ぐ話か?」

「うん、たぶん」

「早く話せ」

「昨日、おいらの住んでる長屋に男が来て、〝鶏オチ秘密尽くし〟ってえのの作り方を教えてくれって言うんだよ。小判を二枚も並べた」

「〝鶏オチ秘密尽くし〟? おまえが考えた皮やモツ等の料理のことか?」

「そうらしかったけど、おいら、断ったよ。ほんと言うと、悪い気はしなくて、ちょっと惜しい気もしてた。だって、〝あれは凄い料理ですよ〟なんてべた褒めしてくれたんだよ。

おかげで、料理が凄いって言葉、大福のあんこみたいに甘くて口癖になっちまった」

「その相手はどんな奴だった？」

「背はちょっと低めな方かな。顔は豪助さんがふやけたみたいな色白なんだけど、お世辞とお辞儀ばっかし似合ってて、ちっとも格好よくない。ああいう、男前になれそうでなれないっていう男、結構いるよね」

――間違いない、川勝亭の大番頭六助だ――

「洩らさずにいてくれてよかった」

――しかし、向こうが勝手につけた〝鶏オチ秘密尽くし〟を、塩梅屋《うち》が振る舞って、まだそれほど日は過ぎていないというのに――

季蔵は六助の恐ろしいまでの熱意に半ば呆《あき》れた。

「そいつの顔はここで見たことないから、お客さんの誰かに聞いて知ったんだろうね、きっと。いったい誰かな？　案外、喜平《きへい》さんだったりして。あの日、喜平さんが、〝鶏もこういうところを美味《うま》く食べさせてこそ、料理だよ、お江戸の珍味ここにありだ〟なんて褒め千切ってたから。御隠居さんのことだから湯屋あたりで、誰かれなく、皮やモツなんかの味について、しゃべりまくったのかも」

「お客さんの噂《うわさ》話はたいがいにしろ」

季蔵は気持ちが浮かれている三吉の話を打ち切って、

「しっかりやってくれ」

店を出ると、急用で落ち合わねばならない時のいつもの茶屋へと走った。

茶屋の階段を駆け上がると床の間を背に烏谷が座って待っていた。

遅いと叱責《しっせき》されるものとばかり思っていたが、

「どうだ？　〝鶏オチ秘密尽くし〟は？」

わははと笑って見せたが、見開かれているその目は細められていない。

「わしが地獄耳、千里眼だということを忘れたのか？」

「御存じでしたか――」

烏谷は真顔になって一喝した。

「六助を見張られていたのですね」

六助が人を雇って、川勝亭の上得意客たちの舌を喜ばせるために、流行の食べ物を突き止めるべく、市井のあちこちを食い歩かせているという話は、すでに豪助から聞いていた。

「事と次第によっては、川勝亭の命はないというのに、たいした忠勤ぶりよな。気の毒なことだ」

烏谷は探るように季蔵を見た。

「おっしゃる野暮用とはこれにございましょうか」

季蔵は借用書を差し出した。

目を通した烏谷は、

「なるほど、長田屋のお内儀が申していた通りであった」

「長田屋のお内儀さんはお奉行様に借用書のことを話したのですね」

「知れたことよ。お峰は奉行所にこのわしを訪ねてきて、〝主、徳平衛が存命の頃は、懇意にしてくださったというのに、このなさりようはあんまりです。使いの方にお預けした借用書を証に、一刻も早く、川勝亭の姦婦《かんぷ》お舟を打ち首、獄門にしていただかないと、殺された亭主も浮かばれません〟と大声を上げて後、よよと泣き崩れた。放《ほう》ってはおけまい」

「お舟さんをお縄にするのですか？」

「ここまでの証がある以上、やむを得まい」

「しかし、女将さんは長田屋さんが殺された頃、川勝亭にいたのですよ」

「人を操ればできることだ」

そう応えた烏谷の口調に季蔵は曖昧さを感じ当てた。

――女将さんを下手人だと決めつけるお奉行様の自信が前より揺らいでいる――

そこで季蔵はお舟から聞いた、借用書と関《かか》わる仏像画の話をした。

「女将のその話は嘘臭い綺麗事のようにしか思えないが、わしは天の邪鬼のせいか、あまりにわかりやすい証というのも不審でならないのだ」

烏谷は借用書に再び目を落としてふうとため息をついた。

田端と松次が立ち寄ったのは、その翌々日の昼時であった。

「腹が減ってねえ」

松次は挨拶《あいさつ》代わりにそう言った。

「試しを兼ねた賄い飯でよろしかったら、これから作ります」

「わしは酒だけでいい」

賄い飯の北前飯は松次、季蔵、三吉の三人で舌鼓を打つことになった。

北前飯に使う荒巻の鮭《さけ》は五平《ごへい》から届けられてきたものであった。

文には以下のようにあり、金子も添えられていた。


あの銭屋さんが人を殺めたとは金輪際思えません。塩鮭がお好きでしたので、せめて、これを使った料理を召し上がっていただいて、伝馬町で囚《とら》われている、ご不自由な暮らしに一息入れていただきたいと思っています。

とっておきの塩鮭料理をよろしくお願いします。

早く、銭屋さんの新しい長屋の地鎮祭が行われて、あの幸せ者の夫婦の噺《はなし》をしたいです。

五平

塩梅屋季蔵様

同好の士の災難を慮《おもんぱか》った五平の気持ちに季蔵は感じ入った。

五

季蔵が思いついた塩鮭を使った北前飯は、焼いてほぐした鮭の切り身、白胡麻、もみ海苔《の》、削り節を炒《い》って香ばしく味付けし、ちりめん（シラス）と合わせてご飯に混ぜたものであった。

北前飯と名付けたのは、塩鮭である荒巻は、蝦夷《えぞ》と大坂を結ぶ北前船によって運ばれていたからであった。

「白胡麻、もみ海苔、削り節、ちりめんなあんて、たいして珍しくもないが、これが塩引きの鮭と混ざると絶妙、天下一品だよ。美味いったらない。飯が止まらなくなりそうだ」

松次は相好を崩してあっという間に三杯飯を平らげて、

「四杯目からはじっくり味わうぞ」

やっと掻《か》き込むのを止《や》めて、箸の上に飯粒を載せた。

「滋味豊かなはずですから、存分に召し上がってください」

季蔵は思いきって釜《かま》一杯に飯を炊いておいてよかったと思った。

「こいつは冷めてもいけるね」

「いいのかい」

「そんなにお気に召していただけたのなら、どうか、お持ち帰りください」

「ご遠慮なく」

「じゃあ、握り飯にして二つ、三つ頼む」

「承りました」

もとより、五平と助左衛門のところには、握り飯にして届けるつもりでいた。これを握り飯にすると、飯と具がぎゅっと詰まって、味の深さに強さが加わるはずである。

「たまには肴《さかな》もいかがです？」

季蔵は飯に混ぜない前の具を小鉢に入れて、田端の前に置いた。

「摘《つま》んで食べてください。きっと酒が進みます」

田端は無言で小鉢の中身を口に入れると、

「ん」

微《かす》かに頷いて湯呑《ゆの》みの冷や酒を飲み干した。

「長田屋殺しの件は、そろそろカタがつきそうなんだから、ここは旦那、前祝いと行きましょう」

松次も甘酒の入った湯呑みを空にした。

「やはり、助左衛門さんが下手人と見なされているのでしょうか？」

季蔵はさりげなく訊いた。

「そいつは――」

言いかけて黙った松次はちらりと田端を窺《うかが》った。

「長田屋のお内儀お峰が訴えて出て、川勝亭の女将に懸想した主の徳平衛が、二百両もの大金を貸していたことが、残っていた借用書からわかった。先ほどお舟をお縄にしてきた」

田端は事実だけを淡々と口にした。

「どう考えても、女将のお舟が怪しいってことになるだろう？」

松次の言葉に、

「たしかにそうですね」

季蔵は頷くしかない。

「ただし、どうして、お舟の悪事に助左衛門が加担したのかがわからぬ」

田端は知らずと首を横に振っていた。

――助左衛門さんはお解き放ちにはならなかったのだ――

「助左衛門さんは共謀したと見なされているのですね？」

季蔵は松次の方を見て念を押した。

「誰が見ても、長い間、助左衛門は徳平衛とお舟を争ってたんだから、惚《ほ》れた女に〝あんただけが頼りよ〟なんて、寝物語で囁《ささや》かれれば、悪いとわかってても、手を貸しちまうもんだよ」

田端に代わって松次が応えた。

「それでは清美さん夫婦を殺した太三を雇ったのも助左衛門さんだと？」

「お舟が自分の亭主殺しを熱海で下っ引きだった源七に感づかれ、清美と二人で脅してきたんで、助左衛門に泣きついた。助左衛門はここ数年、広げる仕事が何でも上手《うま》くいってて、口入屋までやってる。おおかたそこで太三を拾ったのだろう。その太三に言いつけて、殺した清美の骸を、自分の新しい家作の井戸に投げ込ませたのさ」

「何もわざわざ、新しく自分が家主になった長屋の井戸に捨てさせなくてもよかったのでは？ 疑いの目を向けさせるようなものですよ」

季蔵は反論してみた。

「そりゃあ、違うよ。自分の菩提寺《ぼだいじ》に夫婦を葬ったり、掠《さら》われてみせたお舟も同じだが、こりゃあ手の混んだ芝居だ。助左衛門は長屋建て替えの地鎮祭に、可哀想《かわいそう》な百合根売りの女の供養をするんだって聞いてるぜ。あの二人は善人ぶって世間だけではなく、お上まで欺こうとしてたのさ」

松次は淀みなく話した。

季蔵は先を続ける。

「助左衛門さんが太三や長田屋さんを手に掛けたのも、お舟さんの差し金なのでしょうか？」

「そうに決まってる」

「太三の方は口封じのためですね」

「太三が殺されていた林の近くで、助左衛門らしき男を見たっていう話も出てきてる。二人でやれば大男の太三も吊《つる》せただろうさ」

「徳平衛さんは恋敵ゆえに殺したというわけですか？」

「向島の寮にいた助左衛門は金を背負ってきてただろ？　あれはお舟に代わって借りた金を返すつもりだったんだろうよ。けど、助左衛門と同じくらい、お舟にのぼせてた徳平衛は応じない。それで助左衛門は最後の手を使ったんだ。男をめぐる女の恨みも怖いが、女を自分だけのものにしようとする男の一念は身を滅ぼすんだね。助左衛門も気の毒にな――」

松次はしみじみと言った。

――たしかにこれで共謀の全容がわかって、すべて辻褄が合う――

季蔵は何か釈然としないものを感じたが、言葉には出来なかった。

「助左衛門がわからない、徳平衛も然《しか》りだ」

田端の目が酔いで据わってきた。

「わからないって、旦那、一体、何がです？」

松次は狐に抓まれたような顔になった。

「お舟に対するそこまでの気持ちだ」

「いい年齢《とし》をしてってことでしょ？　たしかに助左衛門が若かったら、張り合ってる相手の徳平衛と、半死半生になるまでやりあう喧嘩《けんか》ですんだのかもしれやせんや。けど、源七や清美が惚れた女のためになんねえとわかれば、太三なんぞを雇わずに、鉄砲玉みたいになって、自分の手で殺したでやしょうね。隙《すき》を見て長田屋を後ろから壺で殴り殺したのも、善人ぶった小細工もいい年齢だからこそですよ」

松次の言い分は一応理に適《かな》っている。

「どうにも、二人がお舟に惚れきっていたとは思えぬのだ」

田端らしからぬ、理とは無縁な言葉が続く。

「そりゃあ、お舟が旦那の好みじゃないからですよ。ねえ?」

松次は困惑気味に季蔵に相づちをもとめた。

「以前、田端様は、建て付けの悪い番屋の腰高障子を、音もなく開けたお舟さんを、〝あの女は苦手だ〟とおっしゃっていました」

「それは今も変わらぬ」

田端の目はますます据わってきて、

「しかし、気になる女ではある。違うか?」

季蔵を見た。

「川勝亭の女将さんはこれ以上はあり得ないと思われる、立派な人あしらいをなさいます。ご本人の身の上話が、すべて真実であってほしいのはやまやまですが、今一つ、信じ切ることができません。頭が良すぎるのでしょうが――」

「我らが思い抱いていることを、助左衛門や徳平衛だって感じていたはずだ」

「ようは綺麗すぎる花には毒があるって、ことでしょ?」

松次が口を挟んで、

「まあ、そんなようなものではあるが――」

いつになく田端は歯切れが悪かった。

――田端様は二人の共謀を全面的には信じていない――

そこで季蔵は、

「これは二人に罪がないという、わたしの勝手な考えなんですが、女将さんが狂言ではなく、本当に川勝亭近くの稲荷《いなり》から掠われたとして、毎朝の稲荷詣《もう》でを知っている者を怪しまなくてはと――」

すがるように松次を見つめた。

「そいつはもう調べたよ。娘の瑞恵と大番頭の六助だ。女将の言いつけで他の店の者には明かしていなかったそうだが、これには理由があって、おおかた助左衛門と落ち合って、共謀の相談をしてたのさ」

「六助さんについては？」

「こいつはとっくにだ。何でも、安房《あわ》から出てきて、江戸一番の海産物問屋に奉公し、早くに手代にまでなったのはよかったが、つい鼻が伸びて、仲間内の喧嘩でそこに居られなくなった。川勝亭では、長く忠勤を励んできたものの、寝ついちまってた大番頭が死んだばかりだったんで、六助は代わりに雇われることになった。後はもう、我が身を悔いての滅私奉公。市中の料理屋という料理屋、一膳飯屋《いちぜんめしや》、蕎麦屋《そばや》、屋台の煮売り屋や鮨屋《すしや》、天麩羅《てんぷら》屋《や》にまでも目配りを怠らず、江戸流風流が売りの川勝亭の繁盛のためだけに、そこかしこから、料理を盗んで嫌われ者になってる。鼻さえ伸ばさなければ、仕事熱心でよく出来る奴だったから、使いようによっては、今の主のいい助けになっているはずだと、元の主は話してた」

「そんな六助さんなら、川勝亭のなくてはならない女将さんのために、罪を犯すこともあるのでは？」

――とにかく、疑いをあの二人だけに向け続けてほしくない――

季蔵は伏し目がちに田端を見た。

「長田屋が殺された夜のことはわかっている。六助は川勝亭で働いていた。これは何人もの奉公人が口を揃《そろ》えている。太三の時はおまえも知っての通りだ。清美、源七については、殺められた刻限がわからぬので、六助がどこで何をしていたかまでは、到底、調べることなどできはしない。これについて、お奉行様は、〝そこまで六助が申し開きすることができたとしたら、下手人だと自ら言い放っているようなものだ。人は過ぎた日々のことをそうそう、間違いなく覚えているものではないゆえな〟とおっしゃった」

田端は言い切った。

「六助さんには何の疑いもないと？」

「お奉行様はいつものように笑ってこうもおっしゃった。〝年頃で跡継ぎの一人娘に懸想している疑いならあるだろう〟と」

田端はやや苦い顔で湯呑みの酒を呷《あお》った。

「親分、先ほどカタがつくとおっしゃったのは？　あの二人は罪を認めているのですか？」

季蔵は訊かずにはいられなかった。

六

「今、詮議《せんぎ》中だ。二人とも各々、自分一人で殺った、相手には何の咎《とが》もないと言い張っている。お舟が長田屋徳平衛殺しでお縄になったと知らせたとたん、助左衛門が貝のように閉じていた口を開いて、〝今まで黙っていて悪うございました。すべてはわたしが殺りました。商用の旅の途中、太三とは熱海の旅籠で知り合ったんです。すべてはわたしのお舟さんへの想いのなせる悪行で、自分ではどうすることもできませんでした。お舟さんは何も知らないことです〟と一連の罪を認めた」

松次ではなく田端が告げた。

「この話をお舟さんに知らせたのでしょう？」

「〝身に覚えはございません〟〝申しわけございません〟と言い張っていたお舟が、助左衛門が白状したと聞いて、どう応じたかというと、〝申しわけございませんでした。おっしゃる通りでございます。わたしが殺りました。ただし、亭主だけは殺していません。太三を雇って神隠しの真似事をさせたのもわたしです。銭屋さんには何の咎もありません〟と言い切った」

田端はここで、はあと大きなため息をついて、

「自分一人でやったという助左衛門の話は大筋で辻褄が合うが、亭主を殺していないというお舟の話は得心がゆかない。それなら、なぜ、清美、源七を殺させなければならなかったのか？　また、川勝亭で客の相手をしていたお舟に、どうして、向島の寮に居た徳平衛が殺せたのか？」

うーむと唸った。

「普通、こうなると、どんなにいい仲の男と女でも、自分は潔白だと言い切り、責め詮議に入って石なんぞ抱かされて、やっと殺しの罪を認めるもんだろう？　死罪は免れないとわかってても、相手に唆《そその》かされてやむなく殺しを手伝ったなんていう、見苦しい恨み言を言い続けるもんなんだけどね」

松次の方は首をかしげた。

「たしかに二人とも潔く罪を認めすぎる。今まで一度もお目にかかったことのない成り行きだ。それでひょっとして、あの二人は罪人ではないのかもしれないと思ったりする」

苦笑いした田端に、

「旦那、滅多なことを言っちゃいけませんや。二人とも自分が殺ったと言い張ってるんです。それで充分、立派な共謀の証だってことになってます。早々にお舟は獄門、助左衛門は打ち首と決まるんでしょうから。だからね、これはもう終わったことで、滅多なことは――」

小声の松次はさっと戸口の方を見た。

「お奉行様はこの沙汰《さた》を承知されているのでしょうか？」

季蔵は田端を見た。

「もちろん」

田端の代わりに松次が金壺眼《かなつぼまなこ》を瞠って応えた。

――なにゆえ、お上は沙汰を急ぐのか？　らしからぬ無謀だ――

季蔵は憤懣《ふんまん》やるかたない気持ちになった。

――こうなったら、何としても、この不可思議な事件の真相を突き止めてみせる――

この日、店を閉めた後、季蔵は烏谷と三吉に向けて以下のような文をしたためた。


川勝亭の女将の亭主、菊田十江が仏像を描くために向かい、銭屋助左衛門が太三と知り合ったのは共に熱海です。熱海で下っ引きだった源七のことも含めて調べに行ってまいります。

それまで沙汰はお待ちください。

わたしの調べをお聞きになった上で、悔いのない沙汰をお下しいただければと思っております。

季蔵

お奉行様

三吉へ
急な用で留守をするので店を頼む。
まだ味噌に漬けた鶏肉が残っているので、それも使って何とか切り盛りするように。
季蔵

翌朝早く、夜が明けないうちに季蔵は日本橋を出て東海道を走るように進んだ。

二日目には小田原宿から熱海道《あたみみち》と呼ばれる根府川《ねぶかわ》通りに入り、伊豆山神社の前を通って、箱根山を海添いにぐるりと回る山道を急いだ。

暗さが極まるまで歩き続け、野宿を覚悟したが、幸い、お堂を見つけた。

なかなか寝付けずに、お堂の外に出てみると、咲いているヤツデの白い花が光に見えた。

——お舟さんの師走の着物の柄はヤツデの花だった——

ふと思い出してヤツデの花に目を凝らした。

小さな花が集まって咲いているヤツデが、ふわりと大きな白い雲に見えた。

その雲の向こうから覗《のぞ》いた顔はむせび泣いている瑞恵であった。

〝おっかさん、おっかさんを助けて。お願い〟

〝もちろんです〟

応えたとたん、その顔は山百合の花冠に代わって、その中からにっこりと瑠璃《るり》の顔が微笑んでいる。

〝助けてあげて〟

〝瑠璃、どうしてそんなところに？〟

叫んで目覚めると、季蔵はお堂の中で熟睡していた。すべては夢だったのである。

熱海に着いてすぐ訪ねたのは、十三年前、菊田十江が逗留《とうりゅう》していた旅籠である。

絵師の菊田十江のことで訪れたと告げると、鬢《びん》に白いものが目立つ年配の女将が、

「あの江戸の華のように艶《あで》やかだったお女将さんのお使いの方ですね」

なつかしそうに呟《つぶや》いて、季蔵を座敷に通した。

年配の女将は、

「品《しな》と申します。お舟さんとおっしゃいましたか、あの方の御亭主想いには本当に頭が下がりました。ただ、もう、お話しできることは全部お話ししました。はるばる江戸から東海道を歩いて、ここにおいでになったお舟さんのことは、よく覚えていますが、御亭主のことはもう、あまり、覚えておりません」

すまなそうに目を伏せた。

「菊田さんが描かれた仏像の画のことは御存じでしたか？」

「それはもう、菊田様はここへみえてから、毎日のように近くの極楽寺に通っておいででした。あそこには大変有り難い観音菩薩像があって、おいでになったのはそれを描くためのようでした。毎日、何枚も何枚も描き続けておいでで、〝写経と同じで続けていると身が清められるような気がする〟とおっしゃっていました。行方知れずになられる前日、せ

っかく描かれたものを燃やしてしまおうとなさっていたので、お願いして一枚だけ、いただき、おかげで、お舟さんがみえた折に形見にさしあげることができました」

——それがあの長田屋の寮の掛け軸だったのだ——

「菊田さんは旅の荷をここに残していなくなったのですね」

「はい。旅支度もなさらずに。財布さえも置いて行かれました。まさに神隠しそのものでしたので番屋に届けました」

「その時、旅の荷や財布は？」

「それも一緒に届けました。ここのお代はお舟さんがみえた時、支払っていただいたんです。それから——」

女将は一度言葉を切ってから、

「これはもう巳代次《みよじ》親分がお役目を引かれたのでお話しいたしますが、お舟さんに仏像の画をお渡しした時、〝よかった、これでやっと、うちの人の形見ができました。せめて肌につけていたお守りでも残っていればいいのに、何もなしでは切なすぎます〟と——」

——岡っ引きたちは、菊田様の旅の荷や財布を我が物としてしまったのだろう——

「ありがとうございました」

挨拶をして辞そうとすると、

「田子から樽《たる》漬けの塩がつお《しょうがつよ》が届いています。田舎料理ですが、召し上がってください」

お品が正月魚とも言われる塩がつおの茶漬けを供してくれた。

水揚げされた鰹《かつお》を、頭付きのまま塩で樽漬けにした後、吊して干し、使う分だけ切り身にして焼いたり、潮汁《うしお》にしたりする食べ方がこの地にはあり、正月には欠かせない逸品であった。

——そういえば、江戸を出てから持参していた握り飯が尽きると、茶屋で団子をもとめるなどしてつないできた——

気がつけば腹が空《す》いていた。

「お言葉に甘えて、いただきます」

焼いた塩がつおの切り身がほぐされて、炊きたての飯の上に載せられ、熱い番茶が掛けられ、醬油が一垂らしされた。

箸を取ったところまでは覚えていたが、その後、

——腹が満ちすぎては歩きが鈍くなる——

はっとして箸を置いた時には、すでに三杯飯を平らげていた。

「道中、急がれたのでしょう？　塩がつおは沢山ございますので、どうか、もっと召し上がってください」

お品は勧めてくれたが、

「先がありますので」

断った季蔵はお品が教えてくれた極楽寺へと向かった。

庭を掃いていた若い僧侶に用向きを告げると、

「本堂でお待ちいただくようにとのことです」

季蔵は観音菩薩像のある本堂に招き入れられた。

運ばれてきた膳の上には番茶と、茶褐色がかった俵型のさつまもち、白と黄色のあられの入った菓子盆が載っている。

「当寺の菓子です。御住職様は、まだ一刻（約二時間）ほどかかるので、観音菩薩様をご覧になりながら、茶と菓子でくつろいでお待ちいただきたいとのことでした」

季蔵は菊田十江が感動で心を震わせたという観音菩薩像を見つめた。

画を見ていた時は、もっと大きな像だと思っていたが、一尺（約三十センチ）に満たない華奢《きゃしゃ》な観音様である。

杏仁《きょうにん》型の涼しい目元は温かく優しい一方、理知的でもあり、拝む者を深い慈愛の極楽浄土へと導いてくれる。たしかにこの観音菩薩像は不思議な魅力を発していた。

季蔵はさつまもちと白と黄色のあられを摘んだ。

さつまもちは、切って干し上げ、焼いて食べる干し芋とはまた違った食感で美味であった。

――唐芋を輪切りにして干した後、粉に挽《ひ》いて、米粉と混ぜ、湯を入れて耳たぶほどの固さにこねた後、手でにぎりながら、熱湯に入れて茹で、笊《ざる》に上げる。これはそのままだが、串《くし》に刺して、七輪の火でさっと炙《あぶ》ると、香ばしさが出てもっと美味しいだろう。よし、これは忘れずに菓子好きの三吉に教えてやろう――

白と黄色のあられの方は、意外にも白い方に里芋の風味が強く、黄色には山梔子《くちなし》の匂いがした。

——ここでは餅《もち》を搗《つ》く時にすり下ろした里芋を入れているのだろう。伸《の》し餅にした後、賽《さい》の目に切り揃えて乾かし、蓋《ふた》付きの壺に詰めて取っておき、使う分だけ出して、焙烙《ほうろく》で炒《い》る。里芋が入っているのでよくふくらむ。山梔子は色を楽しむために、米と里芋の餅を搗く時、加えるのだな。塩がかかっていたが、醤油の一垂らしでもいい。残った餅で作るあられとは異なる、一工夫されている菓子だ。春ならば菜の花に戯れる白い蝶、秋ならば銀杏《いちょう》の葉と青空高く浮かぶ白い雲、これを喜ぶのは三吉ではなく——

そこまで想像して、急に季蔵は頭を横に激しく振った。

——何を暢気な想いでいるのだ。今はとてもそれどころではないというのに——

この時季蔵は、お舟なら間違いなく、風雅なあられの話に、目を輝かすだろうと思った自分を責めたのである。

七

「すっかり、お待たせしてしまいましたな。慈海《じかい》と申します」

白い顎髭《あごひげ》の年老いた住職が本堂に入ってきて、木魚の脇に座り、季蔵と向かい合った。

「実は——」

季蔵はもう十何年も前に、ここの観音菩薩像を描きに訪れた絵師のことを訊きたいのだと告げた。

「よく覚えております、たいそう熱心なお方でした。たしかお名は――」

「菊田十江」

「そうそう、菊田様でした。突然、旅籠から居なくなって、神隠しに遭われたのでしたな」

「いなくなる前、何か変わったことはありませんでしたか？」

「筆を動かしながら泣いているのを、何度か拝見したことがあります」

「あまりにここの観音様が慈悲深いゆえの感動でしょうか？」

「それはございましょう。何でも当寺の観音菩薩様は、遥《はる》か昔に作られた由緒ある仏像を模したものだと聞いています。その尊いお顔は、人々の幸やあの世での平穏を祈っているようにも見受けられます。拙僧は檀家の方々が、日々の煩悩を打ち明けにみえた折など、まずは観音菩薩様に手を合わせていただくことにしておりますから。拙僧なぞの生臭坊主のありきたりな言葉などより、よほど心が落ち着くはずなのです。菊田様もまた、何か心に大きな悩みを抱えておられるようでした」

「その悩みの片鱗《へんりん》でも、菊田さんが御住職様に話されるようなことは？」

「ございませんでした」

慈海はきっぱりと言い切って、

「煩悩や苦しみが深ければ深いほど、人は口に出せぬものなのです。御仏のお力にすがるしか道はありません」

と続けた時、

「御住職様、今、お約束の檀家の方がおいでになりました」

先ほどの若い僧侶が告げた。

「それでは、申し訳ありませんが、これで失礼いたします」

立ち上がりかけた慈海に、

「最後にお訊かせください。菊田さんがいなくなった後、源七という名の下っ引きがここを訪ねてきはしませんでしたか？」

「菊田様からの預かり物はないかなどという、人を盗っ人扱いする、いささか礼を欠く物言いでしたので、拙僧は源七なる者を使っている岡っ引きに苦情の文を書きました。岡っ引きだった巳代次さんは当寺の檀家で、今では、娘さんと奥さんが裏の墓に眠っています。この時、巳代次さんは〝源七とは縁を切った〟と駆け付けて詫びてくれました。巳代次さんは気性のまっすぐな人で、拙僧とも気心が知れていたのです。その巳代次さんは、一年も経《た》たずに岡っ引きを辞めました」

「その巳代次さんは今、どこに？」

「巳代次さんは別のところに移ったとは聞いていますが、何しろ年齢のせいか、物覚えが悪くなって――。毎月、御家族の供養をなさる姿は拝見していて、挨拶も交わすのですが――。檀家の方々の住まいはこの者の仕事です。どうか、この者にお訊ねください」

慈海はそう言い残して本堂を出ていった。

「巳代次さんは今、町の中ほどの裏店にある一膳飯屋の主です」

若い僧侶が教えてくれた。

「なぜお役目を辞めたのでしょう？　店が開けるのですから、年齢が来ていたとは思えません」

「娘さんと奥さんと続いた家族の死が応えたようです」

「御住職様と巳代次さんは気心が知れているようです。さぞかし、この時、巳代次さんは御住職様を頼られたことでしょう」

——墓参りに来る巳代次さんの話をした時、慈海様の顔が一瞬曇ったのが気にかかる——

「わたしは寺に上がったばかりのまだ子どもでした。それゆえに日々、好奇心と不安がないまぜになっていて、さまざまなことが目に入り、気にかかりました。巳代次さんが御住職様を頼ったのは、通夜と弔い、時折の供養だけでした。ここには、毎日、御住職様を慕って、檀家の方々がお話しにおいでです。けれども、巳代次さんはご家族が皆さん亡くなってしまって、心にぽっかりと穴が空いてしまったはずなのに、ただの一度も、御住職様を訪ねてきてはいないのです」

「なるほど」

礼を言って季蔵が辞そうとすると、山門まで見送りにきてくれた若い僧侶は、

「わたしは巳代次さんが御住職様を訪ねてこないのが不思議でなりません。御住職様ほど気取らず、偉ぶらず、檀家の方々のお悩みに親身につきあってくださり理不尽な仕打ちには、たとえ相手がお上でも怒る。そんなお方はこの熱海にはいません。わたしもいつか、御住職様の爪《つめ》の垢《あか》程度にはなりたいと思っています。寺は預かる住職次第で盛衰が決まるのです」

真顔で呟いた。

極楽寺を出た季蔵は菊田が逗留した旅籠の方向へと戻って、教えられた一膳飯屋〝の の〟を探し当てた。

なつかしく感じながら、油障子を開けたのは塩梅屋を想わせる、風変わった雰囲気を漂わせていたからであった。

――とっつぁんは、〝お客さんに店に入ってもらうには、ここは手狭だが、五分以上の魂が詰まってる、三寸の虫かもしんねえと感じさせなきゃ駄目なんだ。それには安くて美味い料理が肝腎要《かんじんかなめ》。毎日が修業だ、闘いだよ。その気合いが店の外にも漏れだして、お客さんを呼ぶんだ〟とよく言ってたな。〝美味い飯屋はその前に立てばわかる〟とも――

「ご免ください」

季蔵は声を掛けた。

応えはない。

「お邪魔します」

やはり声は返って来なかった。

季蔵は中へ入って耳を澄ませた。

人の荒い息づかいが、閉めきっている座敷の障子の向こう側から聞こえた。

季蔵は障子を開けた。

背丈も背幅もある大きな図体の男が身体をくの字に曲げて、畳の上で苦しんでいた。

「大丈夫ですか？」

季蔵は駆け寄った。

「当分――店は開けないよ。だから――帰ってくれ」

相手は苦しい息の下で言った。

「医者を呼びましょう」

季蔵が立ち上がろうとすると、

「悪い――が――医者はいい。薬、薬を――取って――くれ」

壁側にある仏壇の引き出しを指さした。

急いで季蔵は仏壇の引き出しから薬の袋を取り出すと、水桶から湯呑みに水を注《そそ》ぎ一緒に、苦しんでいる男に渡した。

薬を飲んだ相手は、しばらくすると、荒い息づかいも鎮まって、いくらか落ち着いてきた。

「世話になっておいて悪いが、あんた、客なら――」

前に言ったことを繰り返そうとする男に、

「元岡っ引きの巳代次さんですね」

季蔵は切りだした。

「あんた、いったい誰だい？」

巳代次は目を鋭く剝いた。

――岡っ引きだった頃は、この目がさぞかし悪党たちを震え上がらせたことだろう――

大きく四角い鰓《えら》の張った顔は松次に似ていないこともなかった。

ただし、巳代次の方がずっと大柄で、松次のように金壺眼ではない、よく光る切れ長の目をしている。

極楽寺の住職より、やや年下に見えたのは、肥えているせいで皺《しわ》が少なく、髷もまだ、そうは白くなっていなかったからである。

「江戸者だね、言葉でわかる」

巳代次は用心深い面持ちでいる。

「助けてほしい人たちがいるんです」

季蔵は名乗った後、ここで行方がわからなくなった絵師菊田十江の女房で川勝亭の女将お舟と、両替屋の銭屋助左衛門の危機を告げた。

二人が共謀して、巳代次が雇っていた、下っ引きの源七を含む何人かを殺し続けたと見なされ、極悪人として処刑される羽目に陥っている話をしたのである。

「源七は悪だったな」

巳代次はふと洩らし、

「しかし、何であいつが――」

言いかけて口を閉じた。

「助左衛門さんを御存じなのですか？」

「さてね――」

巳代次は目を閉じた。

「知っていることがあるのなら、何でもかまいません、どうか、話してください。さもないと助左衛門さんは――」

「わかってる」

巳代次は目を開けて、

「俺は心の臓に持病があってね。それを報された時はほっとしたよ。恥ばっかしのこの世に未練はないんだ。ああ、これでやっと娘や女房の許《もと》へ行ける道が見えたってね。この店の名の〝のの〟は、娘があきの、女房がよしのだったからさ。二人ともいなくなっちまって、ずっと寂しくってね。今まで生きてきたのも、〝剛胆で鳴らした巳代次親分が、女々しく自死なんて考えちゃ駄目よ、あんたらしくない〟、〝こっちはお腹は空かないけど、なーんにも食べるものがないんだよ。食い道楽のおとっつぁんはきっとがっかりだよ。だから、なるべく、ここへはゆっくりおいでよ、おとっつぁん〟なんていう、女房や娘の声がいつも聞こえてたからさ。そうは言っても、このところ、持病が酷くなって、そろそろお迎えが来る頃なんだと思ってる。助左衛門のことを話してやってもいいが、その前にやりたいことがある」

立ち上がろうとして畳に片手を突いたものの、起き上がれずに崩れ落ちた。

「何をなさりたいのです？　できることなら、わたしが代わります」

「あの仏壇の中にいる娘と女房に膳を供えたいんだ。毎日そうしてる。飯屋を始めたのもそれがしてやりたかったからだ。今日は好物だったさんま鮨を拵えてやりたくて、通りかかった魚屋から、そろそろ仕舞いになる秋刀魚《さんま》を買ったまではよかったんだが、この始末だよ」

苦く笑った巳代次に、

「わたしが作ります」

季蔵は言い切った。

「そういや、あんた、さっきそんなこと言ってたな。だけど大丈夫かな？　ここのさんま鮨はやわな江戸流とは違うんだぜ」

巳代次はふふっと笑って、釘《くぎ》を刺すのを忘れなかった。

八

たしかに当地のさんま鮨は、握った飯に秋刀魚の刺身を載せる江戸流ではなかった。

秋刀魚を背開きにして頭と中骨を取り、さっと塩を振ってしばらく置いた後、酢に浸けてしめる。〆鯖《さば》に似た料理法である。

寒くなってきて風味が増した岩のりの大きな一枚を、よく炙って巻き簀《す》の上に取り、しめた秋刀魚、すし飯を載せ、うずわと言われている鰹のおぼろを芯《しん》にして巻く。

ちなみに、鰹のおぼろは三枚に下ろして皮と小骨を取った鰹の身を、そぎ切りにして茹で、布巾《ふきん》に取って冷水の中でもみほぐし、水気を切った後、砂糖、塩、醬油でほろほろになるまで炒り煮にしたものである。

さんま鮨は軽く押しをしてから輪切りにして供する。

巳代次の指図に従って拵えた季蔵は、まずは輪切りにしたさんま鮨を皿に盛りつけて仏壇に供えた。

「あんたも食べてみろ」

巳代次にも勧めると、

二人は一緒に箸を取った。

「秋刀魚と鰹の両方を一度に味わえる料理に出会ったのは初めてです」

季蔵はコクと深みのある、えも言われぬ味わいに舌を巻いた。

「田舎料理だが美味いはずだ。何しろ、活きが悪くなって酢〆するんじゃない、皮がぴかぴかのとれたての秋刀魚を使うんだから——」

「さすがです」

季蔵はついつい箸が伸びて、五切れもの大ぶりのさんま鮨を平らげたが、巳代次は一切れの半分ほどで箸を置いた。

「このところ食も進まない。いよいよなんだろうから。さて話すとするか」

巳代次は季蔵の顔に目を据えて話し始めた。

「何で俺が岡っ引きを辞めたのかっていうのは、ここじゃ、誰も不思議に思ってるはずだ。自分で言うのも何だが、俺は腕のいい岡っ引きでお役人様にも気に入られてた。だがな、人には魔ってものに取り憑《つ》かれる時があるんだよ。あん時の俺がそうだった。俺は決して越えてはいけない、川の向こう岸へ渡ってしまった。転地をすれば助かるかもしれないと医者が言った、病気の娘あきのを助けたい一心で罪を犯したんだ」

「その罪とは？」

「今はもう潰れてしまって無いが、ここには古市屋《ふるいちや》という名の質屋があった。子どももなく、老夫婦と小僧一人だけの商いだというのに、たいした繁盛で、蔵に入りきれないほど小判があることが自慢だった。〝金がある、金がある〟と言いふらし、三百両の金を載せておく神棚を作らせた。娘の薬代にかわった女房の晴れ着なんぞは、とっくに質流れしてしまってた。俺は娘助けたさに、思い切って、命と同じくらい大事な十手《じって》を質草に、金を借りに行ったが、変わり者の主夫婦はけんもほろろだった。これには堪えて、俺は〝このくたばり損ないが――〟と心の中で何度も叫んだ。だが、この時はまだ口にも出さず、三百両を盗む罪を犯す気はなかったんだ」

「罪を犯すきっかけになったのは何だったんです？」

「大雨が降って、このあたり一帯に水があふれたことがあった。俺は盗っ人の太三と祐助《ゆうすけ》を追って川岸にある宿まで辿《たど》り着いた。雨足はますます激しくなり、夜になっても止む気配はなく、何人かの客がいつ川が溢れて流されるかもしれない、ちっぽけな宿に取り残された。当然、誰も眠ることなどできずに酒になった」

「居合わせた者たちの名は？」

「まずはごろつきから盗っ人に身を持ち崩した川越の蒲団屋《ふとんや》の倅《せがれ》の太三、ここの生まれで旅役者になり、あちこち流れていた時から騙《だま》して金を巻き上げ、ついには盗みに手を染めてしまっていた兄貴分の祐助。他には江戸から来ていた客が三人居た。みんな命の危険が迫っているとわかっていたので、酒がまわるにつれて、旧知の仲のように打ち解け、自分たちが抱えている悩みを赤裸々に話した。米屋の長田屋徳平衛は借金を負って首が回らなくなっていた。功なり遂げて、助左衛門と名を変えることが夢だった上州（群馬県）の飛脚助次郎《すけじろう》は大事な文を落としてしまい、もう故郷《くに》には帰れないと落ち込んでいた。絵師の菊田十江もまた、乏しい画才で、女房が期待しているような、そこそこ世に認められる絵師になるには、師匠への付け届けが肝腎だという壁の前に苦しんでいた」

「そしてあなたはどうしても娘さんの治療代が欲しかった――」

「太三と祐助は、三百両もの金子が載った質屋の神棚のことを知っていた。俺は祐助がこれに狙《ねら》いをつけるだろうと思って、もう何年も網を張って待ったんだ。だが、ごうごうと風が鳴って雨が降る嵐《あらし》の中で居合わせて、いつおだぶつになってもおかしくないと感じつつ、身の上話をしていると、いつしか俺は自分の立場を忘れた。ごろつきや盗っ人になったのはそれなりの理由あってのことかもしれないと、親に疎《うと》まれて育ったあいつらに情をかけたくなったんだよ」

「いつしか、六人が徒党を組んで、質屋を襲い、神棚の三百両を奪う話になっていたのですね」

「そうだ。宿ごと川に呑まれたらそれまでの話だが、命が助かったら、必ず五日後にやり遂げようということになった。〝この約束は決して破らせない、もし破ったら、そいつを八つ裂きにしてやる〟と祐助は空恐ろしいことを言ったが、この時は普通の心持ちではなかったので、誰も怖いとは感じなかった」

「そして、命は助かりその五日は過ぎた――」

「悪知恵に長《た》けた祐助が目立たないよう、徳平衛、助次郎、菊田十江を小さな宿に別れて泊まらせた。忘れもしないその日の夜、被《かぶ》り物で顔を隠した俺たちは質屋近くで落ち合った。菊田十江を待ったが、待ち合わせの時が過ぎても姿を見せず、五人だけで押し入った。そこで俺は地獄を見た。相手は年寄りと小僧なんだから、脅して縛り上げ、金子だけ盗むはずだったが、手行灯《あんどん》の灯《あか》りで、三百両を布袋に詰めていた俺の頭から被り物が外れた。〝馬鹿野郎、面が割れちまったじゃないかっ〟と怒鳴った祐助は、太三に顎をしゃくった。二人は用意していた匕首《あいくち》で、縛られて命乞《ご》いをしている主夫婦と小僧を次々に刺し殺したんだ。この時祐助は皆にこう言った。〝盗みも殺しも捕まりゃ死罪なんだから、同じだよ〟。鬼も逃げだしそうな、ぞっとするような笑い方だったね」

「菊田さんは加わらなかった？」

――あの観音菩薩像が菊田さんに良心を呼び起こさせたに違いない――

「奴は俺たちが布袋に詰めた三百両を運び出した時、物陰から姿を見せた。〝ずっと観音様のお姿を描き続けて、盗みについて是か非かと訊いていた。なかなかお言葉がなく、さっきやっと、どんなにうがった理由があるにせよ、盗みをしてはならないというお声が聞こえた。これを伝えたくて来たのだが、一足遅かった〟と真顔で言った。祐助がちっと舌打ちして、〝今更、何を言い出すんだ？　この裏切り者が〟と罵《ののし》り、素早く太三が懐に呑んでいた匕首を取りだそうとした。すると、祐助は〝何もやってねえ連中に始末をつけてもらおうじゃねえか〟と弟分を止め、助次郎と徳平衛に耳打ちした。二人は、事前に祐助に渡された時は使うことはないと思っていた、懐に呑んでいた匕首を手にしたんだ」

「助左衛門さんたちは菊田さんを手に掛けたのですか？」

季蔵は危うくあっと叫びそうになった。

「この時、蔵で始末をつけたいと助次郎が言い出し、欲深い祐助は、〝神棚にこれだけ金があったんだ、蔵にはもっと凄いお宝が唸ってても不思議はねえ。わかった、目障りな奴には早く消えてもらいたいから、先に始末をつけろ〟と許した。俺は鍵の在り処を教えた。お役目で何度も来ていて在り処を知っていたんだ。俺は二人が蔵の中の物を掠《かす》め取ったりせず、首尾よく菊田を殺すところを見届けるように言われた」

ここで巳代次は疲れたのか、大きく肩で息をついた。

「少し休まれては？」

「いや、休んでなぞいられない」

巳代次は自身を叱咤《しった》激励して先を続けた。

「その質屋の裏手は崖になっていた。助次郎は〝少し話がある〟とだけ菊田に言って、俺と徳平衛に先に蔵に入っていてくれと頼んだ。その目は必死だった。しばらくして、一人で蔵に入ってきた助次郎は、〝夜の海に飛び込ませた、生きていてほしい、だが、助かるかどうかはわからない〟と震える声で言った。〝逃がしたとわかれば殺されるぞ〟と俺は言い、咄嗟《とっさ》に、行灯の乏しい光の下にあった、異国の模様の敷物に、大きな瓶《かめ》を二つ縦に並べて包み、菊田の骸に見せることを思いついた。三人とも無言で素早く動いた。怯《ひる》んだり、震えたりする暇などなかったんだ。最後に助次郎が左の二の腕を匕首でざっくりと切って、人型に巻き上がった敷物を血で濡らした。俺が首尾は上々だと告げて、祐助と太三を蔵に呼び入れると、〝よくやったじゃねえか〟と祐助は助次郎を褒め、〝そんなもんは早いとこ、魚の餌にしちまいな〟と言った。俺たちは目配せし合ってほっとし、敷物を担ぎ上げて言われた通りにした。祐助は太三と二人で蔵の中からも金子を探し出そうとして、最後には怒り狂った。金はもうびた一文なかったからだ。〝こんなはずじゃなかった〟と祐助は殺気だった目で俺たちを睨《にら》みつけ、三百両の金を分けることもなく、二人で逃げてしまった――」

「助左衛門さんは我が身を傷つけても菊田さんを助けようとしたのですし、親分も長田屋さんもそれを手伝ったのです。三人で命を賭《か》けて菊田さんを助けたのですね」

季蔵は少しでも、巳代次が抱き続けてきた心の重荷を軽くしてやりたかった。

「それでも盗みを働いた事実は消えねえよ。あそこは波が荒いんだ――果たして菊田が生きてるかどうか――。けど、あの時の助次郎には頭が下がる。なかなかできるもんじゃぁない。俺たちはあいつに釣られて、人らしい心を取り戻して、一芝居打てただけだ。そんなあいつが人殺しをするなんて、到底思えない。金輪際、人殺しの咎で裁かれるなんてこと、あっちゃあならねえのさ。何か俺に出来ることはないのか？　太三は江戸にいて殺されたっていうから、近くに祐助もいるはずだが――。祐助っていう奴はとことんの悪だよ。菊田の財布や持ち物をくすねていなくなった源七なんて、あいつに比べりゃ可愛いもんだ。ただ、姿形はどっちも小柄な優男だった。助次郎が牢《ろう》に入ってるっていう江戸に行って、役人に話すのが一番なんだろうけど、俺の身体はもう動かない――」

巳代次は食い入るような目を季蔵に向けた。

「今話されたことをこれから文にさせていただきます。目を通されて最後に名を書いてください」

季蔵は紙と硯、筆を探して烏谷宛ての長い文をしたためた。

読み終えた巳代次は、

「ただの巳代次でいいだろう?」

握るようにして筆を取った。

「いいえ、岡っ引きの巳代次と書いてください。その方がお奉行様のお心に訴えることができます」

「だって俺は盗みを──」

「人を助けはしても手に掛けていないし、分け前ももらっていません。わたしの知っているお奉行様は、人の弱さのすべてを恥とは見なさず、時には労《いたわ》る心をお持ちです」

季蔵は優しく微笑んだ。

岡っ引きの巳代次と書き終えて筆を置いた巳代次は、

「こんなことは願いすぎなんだろうけど、これで俺は娘や女房のいる極楽へ誘ってもらえるような気がしてきたよ。実はずっと地獄行きで、あの世に行っても、あきのやよしのに会えないと諦《あきら》めてたのさ」

ふーっと安堵《あんど》のため息をついて眠りに落ちた。

季蔵はしばらくの間、時折、涙の筋を作りながら、笑みをこぼしている巳代次の寝顔をながめていた。

──夢で家族と会っているのだろう。今はまだ大丈夫だが、そう遠いことではない──

極楽寺に戻って、若い僧侶に巳代次の様子を告げて、出来るだけ見舞ってほしいと頼むと、季蔵は一路、江戸への帰路についた。

九

途中、季蔵は祐助について思いを巡らせていた。

――菊田さんは悪事の企《たくら》みを持ち物の中の日記にでも遺していたのではないだろうか？　そこに企みに加わった人たちの名が書かれていたとしたら？　祐助は、まず自分たちの悪事の証を握って強請ってきた源七と、それを耳にしていた清美さんを、太三を使って手に掛けた。邪魔者を消したのだ。だが、どうして、お舟さんを拐《かどわ》かし、二度までも、助左衛門さんを誘い出して、太三と長田屋さん殺しの罪を二人に着せる必要があったのか？――

季蔵は眠りに就こうとしても目が冴えた。

――そんなことをして、いったい何の得があるというのだろう？　犯した罪を死ぬまで強請《ゆすり》のネタにした方がよほど手っとり早い。まして、金蔓《かねづる》の長田屋さんまで殺すのは宝をどぶに捨てるようなものではないか？――

そこから先の謎《なぞ》解きはなかなか進まずにいたのだったが、熱海を発《た》って二日目の夜、旅籠でぐっすりと眠って目が覚めたとたん、突然閃いた。

――祐助がどこにいて、どんな顔をしているかまではわからない。だが、祐助は一時仲間になった助左衛門さんや長田屋さんだけではなく、川勝亭のお舟さんが毎日権米《ごんべい》稲荷に詣でていることも川勝亭もよく知っていたのだ。祐助はお舟さんの近くにいる――

そして、ここからは、雨に降られて歩みが進まず、一夜を世話になった古びた寺の離れで、雲霧が晴れるように明らかになった。

——仏の心に近づこうとしている御住職は徳が高く親切なものなのだろう。極楽寺の御住職もたいそう檀家の人たちに慕われているようだった。となると、だから——そうなのだ——

確信した季蔵は市中に入ると川勝亭に立ち寄った。

「お舟さんは菩提寺の御住職様と懇意なのでしょうか？」

季蔵の問いに、

「十日に一度は大徳寺《だいとくじ》までお話しに行かれていました。御住職の義円《ぎえん》様に話を聞いていただいていると、心がたいそう落ち着くのだとおっしゃっていました」

六助は神妙に応え、母親を案じる余り、窶《やつ》れて見えるほど痩せた瑞恵は無言だった。

あまりの痛々しさに、

「大丈夫です。女将さんはほどなく、ここへ戻っておいでになります。熱海まで出向いて、やっと人殺しなどしてはいないという証を摑《つか》みました」

季蔵は言葉を掛けずにはいられず、

「ほんとうですね、ほんとうですね」

瑞恵は何度も念を押して、

「よかった——、よかったね」

六助に飛びついてうれし泣きした。

夕陽《ゆうひ》が落ちかけた頃、塩梅屋の油障子を開けると、

「お帰りなさい」

三吉が当惑気味の笑顔で出迎えてくれた。

「その顔では何かあったのだな？」

「あったといえばあったんだけど」

「いったい、何なんだ？　店は開けないのか？」

「このところ、開けたくたって、開けられないんだよ。季蔵さんが発った翌々日から、あの人が来ちゃうんだから」

「あの人？　お奉行様か？」

気になって通ってきているとしたら烏谷以外考えられない。

「当たり。季蔵さんが神隠しに遭わないよう、帰ってくるまで、離れで先代の仏壇に手を合わせることにしたから、酒と飯の支度をしろって。鶏を一羽預けてあるはずだって。あれ、贈り物じゃなかったの？」

「まあ、半分は預かり物だろう」

「おいらもそう思ったから、店は休みにして、味噌漬けの残りを焼いて出した。胸肉は甘辛出汁で煮て卵でとじる親子丼にしちゃってて、とっくの昔に無し。ささみだって、焼いてむしって、山葵ともみ海苔と一緒にとろろの上に載せる、ささみとろろ丼で、他のお客

さんたちに食べてもらっちゃってたから残ってない。残ってたのは手羽先と手羽元だけ。これでこの三日間を賄ってたんだよ。手羽元は揚げて、手羽先は炭火で焼いて出した。そしたら、〝わしの鶏は羽根しかないものとみえる〟なんて、笑いながら、嫌み言うんだもん。おいらひやひやしたよ。相手はお奉行様だから、〝鶏盗っ人、無礼者〟なんて怒られて、ばっさり斬られたって文句は言えないし」

三吉の愚痴は尽きなかったが、季蔵は素早く旅支度を解いて離れへと向かった。

「只今《ただいま》、帰り着きました」

座敷に座って深々と頭を垂れた。

「熱海へ行けなどと命じた覚えはないがな」

烏谷は茶を啜《すす》った。

「ええ、でも、お奉行様はこうして、わたしを待っておいでになりました。いつもおっしゃっているように、合いすぎる辻褄はもとより、お信じにならなかったのでしょう」

「そちもわしを巧みに読むようになったの」

烏谷はにこりともしなかった。

「これから助左衛門、お舟が下手人ではないという大事な証をお見せいたします。ただし、一つ、お約束いただきたいことがあるのです」

季蔵は烏谷を正面から見据えた。

「申せ」

「人の命を助けた者の余罪はお見逃し願えませんか？」

「それは余罪にもよる」

「殺しでも、正確には盗みでもありません。盗みの場に居合わせてしまっただけで――」

「まあ、考えよう」

烏谷の妥協はここまでだと読んだ季蔵は、巳代次から聞いて書き記した文を烏谷に見せた。

逐一落とさずに読み終えた烏谷は、

「助左衛門の取った行いは、さほど意外ではない」

ふうと一息ついた。

「お奉行様は助左衛門についてよく御存じなのですね」

「わしが調べぬと思っているのか？　長田屋のこともよく知っている。助左衛門が江戸で今のような大店を築いたのは、つい何年か前のことだ。その前にあやつが何をしていたのか気にかかって、上州の代官所に文をやって返事を貰った。助左衛門は誰よりも速い足を誇る飛脚で、大事な文をうっかり落とした失敗でこの仕事を追われた。それ以後は雀《すずめ》の涙ほどの銭で道行く旅人の用心棒となり、宿場から宿場を渡り歩いた。時には雇い主がおらず、野宿をすることもあったようだ。半年ほど過ぎて、山賊に襲われそうになった江戸市中の大店の主を、雇われていたわけでもないのに身体を張って助けた」

――助左衛門さんは盗みに手を染めかけた自分を恥じていたのだ――

「恩義を感じたその老齢の主は、女房に先立たれ子もいなかったので、助左衛門を養子にして跡継ぎにしようとした。助左衛門が断ると、相手は二十両の礼金を弾んだ。以後、助左衛門は二十両を元手にして昼夜、飛脚で鍛えられた身体を酷使して商いに励んだ。そして今がある。短い間の成功にはとかく不審な点があるものだ。それでこの間に不正はないか、悪事に手を染めていないかと、かなりしつこく調べさせたが何も出て来なかった。巳代次という者の話を聞いて、助左衛門がなぜ、ここまで成功に拘《こだわ》りつつ、大店の養子になるという幸運を断ったのか、今やっとわかった」

「お舟さんですね」

「大店の主の養子になって店を継げば、そうそう勝手なことはできない。助左衛門は崖から海に飛び込ませて死なせてしまったかもしれない菊田十江を想うお舟を見守りたかったのだろう。菊田が死んでいたとしたら、それが供養になると信じていた。お舟が行方知れずの亭主の無事を願って、権米稲荷に詣でていたことを知っていたからな」

「その想いは長田屋さんも同じだったはずです」

季蔵の言葉に烏谷は大きく頷いた。

「二人は恋の競争相手を装って、川勝亭の繁盛を助けた。長田屋がお舟が見せた亭主の形見だという仏像画に、法外な金を出したのも、華やかに見える川勝亭の懐事情を知ってのことだったのだろうが、悪事を諭そうとしたがために、命を落としたかもしれない菊田に詫びて、手を合わせる気持ちもあったに違いない。太三と祐助以外の者は、悪事の企みに賛同したことさえ悔いていたのだ。長田屋も借金まみれのどん底から、死んだつもりで頑張ったのだろう、よくここまで這い上がってきた。残されたお内儀には亭主の菩提をねんごろに弔ってもらいたいものだ。さて、問題は祐助だ」

季蔵は一連の事件を引き起こして、邪魔者の口封じと、役者だった杵柄《きねづか》を駆使して、お舟、助左衛門を嵌《は》めた祐助の奸智《かんち》に長けた非道ぶりを口にした。

「江戸に出てきた源七は菊田さんの持ち物を持っていたので、これをネタに強請にかかったのでしょう。あるいは、祐助や太三と組んで、長田屋さんや助左衛門さんを強請ったかもしれません。しかし、祐助の方が役者が一枚上で、源七を殺し、また長田屋さんや助左衛門さんが出入りしていることから川勝亭のお舟さんに行き着いたのです。そして、金を独り占めしようと太三の口を塞いだのです」

「祐助の名は初めて聞いた。どこの誰やら、雲を摑むような悪党だ。だが、どうやら、そちに心当たりがあると見たぞ——」

烏谷はにたりと笑って季蔵を見た。

「祐助の狙いから居場所の見当がつきました」

「いったいどこだ?」

烏谷は大きな目をぎょろりと剝いて身を乗り出した。

「川勝亭の菩提寺である大徳寺です。そこの住職、義円が祐助なのです。寺ならば、お舟さんや助左衛門さんに、いざとなった時、店ごと寄進させることもできますから——。お舟さんは義円を信じきっていました。助左衛門さんの方は、かつての悪事を密告する、お舟さんを殺すなどと脅されて、言われるままに、金を長田屋さんの寮を介してむしり取られていただけではなく、寄進も強要されていたと思います」

「義円とやらは銭屋よりも商いが小さい長田屋などは、最初《はな》から、助左衛門たちを嵌める駒《こま》にするつもりだったのだな」

「悪辣《あくらつ》すぎます、許せません」

言い切った季蔵は烏谷の目をじっと見つめた。

「助左衛門や巳代次が仲間たちと共に質屋に押し入った罪は問わぬつもりだ。ただし、この祐助だけは何としても捕らえて、裁きの鉄槌《てっつい》を下さねばならぬ。早急に義円が祐助だという証を立てよ。必要とあらば田端や松次の力を貸そう」

烏谷の目が厳かに頷いた。

十

「わかりました」

季蔵は応えたはしたものの、

――祐助が源七から奪い取った菊田さんの持ち物を焼き捨てずに、今もどこかに置いているとは到底思い難い――

もはや、義円が祐助だという証を見つけるのは困難に思える。

翌日、季蔵はやむなく以下の文を義円に送りつけた。

過日、川勝亭の女将さんからの頼まれ事で絵師菊田十江さんを探し当て、くわしいお話を聞くことができました。
巳代次さん立ち会いの元に文にもいたしました。
その内容をお知りになりたければ早急にお返事をください。

塩梅屋季蔵

義円様

翌々日には義円からの文が返ってきた。

本日、亥《い》の刻（午後十時頃）に大徳寺でお待ちしています。

義円

塩梅屋様

夜更けて季蔵は大徳寺へと向かった。
山門のところで寺男が待っていた。
垢じみた粗末な形《なり》をした真っ黒な顔が夜の闇《やみ》に溶け込んでいる。

ただし、かざしている手燭《てしょく》の光が、小麦粉をなすりつけたにすぎない、にわか白髪を映し出していた。

――こいつは寺男などではない――

季蔵が名乗ると、

「こっちだよ」

祐助は野太い声を作って、季蔵を本堂の裏手にある蔵へと誘った。

――やはり、思った通りだ――

祐助を脅して強請れば、必ず話に乗ったふりをして殺害を企てるだろうと季蔵は見透している。

蔵に入ったとたん、

「ここなら大丈夫だ」

いきなり祐助の匕首が閃いた。

季蔵が躱《かわ》すと、匕首をかざした祐助が猛然と突進してくる。

蔵での動きは限られる。

二度、三度と躱したものの、壁に追い詰められた時、

「こっちだ、こっちだ」

聞き慣れた田端の声がした。

振り返った祐助の胴を、返った田端の刀が峰打ちに払った。

ううと呻いて祐助はその場に倒れた。

「大徳寺の住職は檀家に呼ばれ経をあげた後、盗みをして帰るらしい。どうやら、泥棒の片棒を担いでるらしいっていう噂を聞きつけたお奉行様に、こっそり、蔵の中を覗いてみろと言われてきてみたら、このざまだ。寺の近くで見張ってて、あんたの姿を見て驚いた。まさか、あんたまで泥棒とは思わなかったが、気になって後を尾行《つけ》てきたのさ。殺られずによかった、よかった」

田端の後からついてきていた松次がほっと安堵のため息を洩らして、

「それにしても、あんたまでどうしてここに来たんだい？」

不審な目をした。

「義円様に特別な料理を頼みたいからと呼ばれたのです。そうしたら、ここへ連れて来られていきなり――」

もちろん方便で、すべて烏谷と示し合わせた段取り通りだった。

「偶然だったんだな。まあ、泥棒坊主はあんたをお上のお手先とでも勘違いしたんだろう」

「危ないところを助けていただいてありがとうございました。このご恩は決して忘れません」

季蔵は深く辞儀をした。

こうしてお縄になった祐助は辛い責め詮議に怯え、もう逃げられないと観念したのか、熱海での押し込みを始めとする悪事の数々を白状した。

祐助は立ち寄った檀家からの盗みはしていないと言い通したが、欲に駆られて大徳寺の墓を暴き、金目の埋葬品も着服していたこと、背格好の似た本物の義円を殺して土中に埋め、上手く化けて、周囲を欺いていたことは認めた。

「檀家の愚痴話を聞くのは退屈だったから、そのたびにお布施の金がたんまり入るように仕向けたんだ。〝お布施は受け取れません。ですが、御仏のためのお布施ならば、お気持ちが込められていればいるほどきっと御心に届くでしょう〟なんて言ってね――」

義円の形から祐助に戻るのは、月に何度か賭場《とば》が開かれる時と決めていた。その折に源七に出くわし、巳代次と一緒に祐助たちを追っていたこともあった源七に義円になりすましていることを気づかれた。

「こんな時のために取ってあった大事なものがあるんだよ」

源七は押し込みの企みに懊悩していた菊田十江が、仲間の名を連ねた日記を遺していた事実を祐助に告げたのだという。

「あいつの家まで出かけてそれを聞いたとたん、こいつは殺すしかないと思ったね。帰ってきていた女房の清美に聞かれたような気がしたんで、こっちの方も始末した」

よほど良心が麻痺《まひ》しているのだろう、祐助は楽しそうにけらけらと笑いながら話を続けた。

「それにしても、大徳寺が川勝亭の菩提寺で、菊田の女房が川勝亭の女将だと知った時は、笑いが止まらなかったぜ。この世に居ない重太郎《じゅうたろう》とやらに化けて、あの女房を煙に巻いたのも面白かった。あの女ときたら、亭主についての積もる話を寺で始終聞いている、頭巾を被った坊主姿の俺が、重太郎だってことに毛ほども気づいていなかったんだから。ったく役者冥利に尽きるぜ。それと、俺のいいなりで、罠《わな》とも知らずに金を運んできていた助左衛門も、いい面の皮の馬鹿だったよ」

後はほぼ、季蔵と烏谷が推測した通りであった。

義円こと祐助が起居していた庫裡《くり》の箪笥からは、川勝亭と銭屋各々の身代をそっくり譲るという寄進書まで出てきた。

即刻、祐助は市中引き回しの上、打ち首、獄門に処せられた。

そんなある日の八ツ時（午後二時頃）、晴れて自由の身になった助左衛門はお舟と一緒に、塩梅屋を訪ねてきて、

「お奉行様から何もかも伺いました。ありがとうございました。あなた様がいてくださらなかったら、今頃、わたしたちはここにいられなかったはずです。感謝の言葉もありません」

季蔵に深々と頭を下げた。

「わたしは自分にできることをさせていただいただけです。どうか、頭をお上げください。まあまあの百合根も手に入りました。川勝亭さんほどの腕はありませんが、嫌疑が晴れた

お祝いを召し上がっていただけませんか？」

季蔵は二人を小上がりに上げて、煎茶と初雪もちでもてなした。

餅とは名ばかりの初雪もちに、餅米の粉は使わない。

砂糖で柔らかく煮た百合根を漉して、煉り上げ、適量を濡れ布巾に取って丸く伸ばし、白隠元豆と砂糖を煮て作る白餡を丸めて芯にして、茶巾にしぼって仕上げる。

「まあ、何と清々しい一品、何よりです」

お舟は涙声になった。

それから何日か過ぎて、太郎兵衛《たろべえ》長屋から塩梅屋に一枚の仏像画と文が届いた。

文には以下のようにあった。


去年、あんなことがあったので、もう仕舞いだと思って諦めていたところ、熟柿《ずくし》が届いたんでみんな大喜びしました。

今年くらいは御礼をしたいとみんなが言うので、何がいいかと、一月の間、額を集めて考えた末、去年亡くなったお多根《たね》さんが遺した画がいいということになったので届けます。

この画はお多根さんが小田原宿の遠縁に招かれて行った時、茶屋に飾ってあったものとのことでした。

感心して見ていると、足の不自由な主が気前よくくれたのだそうです。あわてて、い

くばくかの銭は払おうとしたところ、〝頼まれればどなたにも描いてさしあげています
ので〟と断られたとか――。
仏様のような穏やかで優しげな物腰の主だったと話していました。
どうか、長次郎《ちょうじろう》さんの仏壇にお供えください。

太郎兵衛長屋一同

「どうしたの？」

三吉に訊かれた。

季蔵があっと声を上げて仏像画に見入っていたからである。

「急ぎ、わたしがこれから書く文と一緒にこれらを川勝亭さんまで届けてほしい」

季蔵はお舟に宛てて以下の文を書いた。


太郎兵衛長屋にあった御亭主の仏像画と、添えられていた文をお届けします。

菊田十江さんは生きておられます。

そうでなければ、形見のあの画とこれほど似せて描けるわけがありません。

季蔵

それから月日は過ぎて、師走も半ばに近づいた頃、お舟から長い文が届いた。

娘の瑞恵がついてきてくれて、小田原宿で仏像の画を描く主が開いている茶店を探し、とうとう菊田を探し当てました。

熱海の海に飛び込んだ菊田は潮に流されて小田原の浜辺に打ち上げられ、半死半生のところを土地の漁師さんに助けられたそうです。

その漁師さんには茶屋を開いている妹がいて、前のことはもう何も覚えていない菊田は、その女《ひと》と夫婦になり、五歳になる子どもも生まれて幸せに暮らしていました。

長く海を彷徨《さまよ》っていたせいで、傷ついた片足こそ利かなくはなりましたが、幸い絵筆を持つ手に不自由はなく、ずっとあの仏像画だけを描き続けていたのです。

わたしは、今は茶屋の主の菊田と目を合わせました。その目は戸惑っているだけではなく、怯えているようにも見えました。

その時、亭主は昔のことはわたしのことも含めて、何もかも思い出したくないのだと悟りました。

思えばわたしはあなたのためだと言いつつ、絵師としての成功ばかりを願う、押しつけがましい女房にすぎなかったのだと思います。

菊田とのことはこれで終わりました。

あの一件が元でお互いの心がわかりあえた助左衛門さんは、〝半年待ってくれ〟とわたしに告げ、殺すのを止められなかった己を悔いて、殺された質屋夫婦と小僧さんのためにと、巡礼の旅に発ちました。

菊田が無事だったとわかってもまだ心残りはあるのです。

助左衛門さんはわたしに銭屋を託してくれましたので、三軒長屋の地鎮祭をやり遂げるなどして、戻ってくるのを待ちます。

ご報告が遅れましたが、わたしは銭屋へ移ることになり、川勝亭は瑞恵が六助と結ばれて切り盛りすることになりました。

ひいては六助に、川勝亭の名のもとに、他人様《ひとさま》のものを真似た料理ばかりを出さないよう、釘を刺しておきました。

最後にどうしても、お話ししておかなければならないことが二つ――。

小田原宿から熱海はそう遠くはなかったので、季蔵さんもお気掛かりと思い、巳代次さんとその御家族の眠る極楽寺に詣でてきました。

巳代次さんを看取《みと》った御住職様は、とても安らかな最期だったとおっしゃっていました。

それから清美ちゃんのことです。

殺される三月前ぐらいから、わたしは清美ちゃんに避けられていると感じていました。

思えばあの頃、すでに、祐助と源七さんの話を聞いてしまっていたのでしょう。その話の中には助左衛門さんやわたしのこともあって、それで――。

重太郎という男が、わたしに聞かせたあの話は真っ赤な嘘だったとわかりました。重太郎は下手人の祐助だったんですから。

やはり、清美ちゃんは、あの清らかな百合畑で精一杯、山百合の白い花を長く咲かせながら、一途に家族の集う幸せをもとめていたのだと思います。

いつぞやのあなたの初雪もち、幸せを待って、今にも開きそうな、百合の蕾《つぼみ》のようでした。

改めてありがとうございました。

舟

季蔵様

文を読み終えた季蔵は、

「南茅場《かやば》町まで出てくる。頼む」

仕込みを三吉に任せて瑠璃の元へと走り出した。

——思えば、この秋の一時、さまざまな悲しい愛の結末に遭遇したな——

季蔵は万感の思いで走り続ける。

小悪党だった夫と共に幸せな家庭を築こうという、つつましくもはかない夢に破れた百合根売りの清美、強い愛情ゆえに夫の才能に頼みすぎてしまい、相手を追い詰めてしまった旅籠の女将お舟、重い病の娘の命を助けたい一心で、悪の道へと逸れかかり、娘だけではなく妻まで亡くしてしまった岡っ引きの巳代次。

――激しく強く美しくもある愛の結末は時に残酷だ――

季蔵は自分と瑠璃の来し方に、これらの愛を重ねずにはいられなかった。

――それでも実る、奇蹟のような愛もある――

罪の意識ゆえにずっと独り身を通して見守ってきた銭屋助左衛門とお舟は、紆余《うよ》曲折を経ていずれ結ばれようとしている。

今この時ほど、季蔵は愛の奇蹟に感動し、二人にあやかりたいと思ったことはなかった。

急に、小雪がちらつきはじめ、やがて本降りになり、道も屋根も草木も残らず雪に被《おお》われていく。季蔵も南茅場町に着く頃には真っ白になった。

着物や髷に付いた雪を集めて丸く固めると、あの初雪もちそっくりの形になった。

――幼い頃、瑠璃はわたしが雪合戦に興じていると決まって不機嫌になったな。雪だるまを一緒に作りたがっていたからだった。でも、あまり、作ってはやらなかった。だから、今は思いきり、沢山、作ってやろう――

この時、やっと季蔵は、何故《なぜ》瑠璃が貴船菊には見向きもせず、山百合とだけ呟いていたのかわかった。

――わたしが贈った花だからだ。ただそれだけのことだった。瑠璃はわたしのことをまだ、そこまで想っていてくれるのだ——

熱い想いが溢れて涙になった。

〈参考文献〉

『聞き書　静岡の食事』「日本の食生活全集22」大石貞男他編（農山漁村文化協会）

本書は、時代小説文庫（ハルキ文庫）の書き下ろし作品です。

時代小説文庫
わ 1-33

えんがわ尽《づ》くし 料理《りょうり》人《にん》季《とし》蔵《ぞう》捕《とり》物《もの》控《ひかえ》

著者 和《わ》田《だ》はつ子《こ》

2015年11月18日第一刷発行

発行者 角川春樹

発行所 株式会社 角川春樹事務所
〒102-0074 東京都千代田区九段南2-1-30 イタリア文化会館

電話 03(3263)5247[編集] 03(3263)5881[営業]

印刷・製本 中央精版印刷株式会社

フォーマット・デザイン&シンボルマーク 芦澤泰偉

ISBN978-4-7584-3964-0 C0193

http://www.kadokawaharuki.co.jp/[営業]
fanmail@kadokawaharuki.co.jp[編集] ご意見・ご感想をお寄せください。